Hymnisch besingt Franz Werfel in seinen Gedichten das Leben, anfangs noch im Rausch expressionistischen Wortschwalls und -klangs, dann allmählich immer selbstbewußter werdend, in sympathischer Freiheit und Unabhängigkeit von allen Stil- und Moderichtungen seiner Zeit in gereimten Versen. »Im Deutschen«, bekennt er in einem Gedicht, »müssen sich die Sachen reimen.« (Der Reim) Die Thematik seiner Lyrik entwickelt sich aus die Menschen und die Welt gleichsam umarmenden Anrufungen – »Mein einziger Wunsch ist, Dir, oh Mensch, verwandt zu sein!« (An den Leser) – immer mehr zu offen bekannter Weltfrömmigkeit und Gottesgläubigkeit. Dabei bleibt er stets auf dem realen, gelegentlich deutlich autobiographischen Lebensgrund bis hin zu seiner schweren Krankheit: er litt aufgrund übermäßig starken Rauchens an Herzasthma. So wirken gerade auch seine späten Gedichte bei aller Einfachheit des Tones gedankentief. Sie kreisen um Kindheitserinnerungen und Todesahnung, um Zuneigung und Zärtlichkeitsbedürfnis. Das Vollkommene ist, wie sein Freund Willy Haas gesagt hat, nichts Apriorisches in Werfels Dichtungen, wie ihm das In-sich-Ruhende, das Von-sich-Überzeugte ja überhaupt immer verdächtig war. Die Spontaneität der Formulierung, der Ausdruck schaffender Unruhe bleiben bei aller Lust und Kunst des Reimes wesentliche Elemente seines lyrischen Werkes.

Am 10. September 1890 wird Franz Werfel in Prag geboren; als Schüler schreibt er Gedichte und entwirft Dramen. Karl Kraus veröffentlicht später in seiner Zeitschrift ›Die Fackel‹ Gedichte von ihm. 1914 wird Werfel zum Militärdienst eingezogen; 1915 lernt er im Garnisonsspital in Prag Gertrud Spirk kennen, will sie heiraten – doch 1917 begegnet er Alma Mahler-Gropius, mit der er bis zu seinem Lebensende verbunden bleibt; er siedelt nach Wien über. Zu dieser Zeit sind bereits mehrere Gedichtbände von ihm erschienen, er hat kritische, pazifistische Aufsätze veröffentlicht. 1919 erscheint seine erste große Erzählung ›Nicht der Mörder, der Ermordete ist schuldig‹, 1921 wird sein Drama ›Spiegelmensch‹ an mehreren deutschen Bühnen aufgeführt. In den nächsten Jahren entstehen die berühmten Novellen wie ›Der Tod des Kleinbürgers‹ und ›Kleine Verhältnisse‹, die Romane ›Der Abituriententag‹ und ›Die Geschwister von Neapel‹. Dazwischen veröffentlicht er immer wieder Gedichte. 1929 heiratet er Alma Mahler. 1933 erscheint ›Die vierzig Tage des Musa Dagh‹ – eine Mahnung an die Menschlichkeit; im gleichen Jahr werden seine Bücher in Deutschland verbrannt. 1938, als Hitlers Truppen in Österreich einmarschieren, hält sich Werfel in Capri auf – seine Emigration beginnt. 1940 wird Werfel in Paris an die Spitze der Auslieferungsliste der Deutschen gesetzt. Mit Alma und einigen Freunden, darunter Golo Mann, flüchtet er zu Fuß über die Pyrenäen nach Spanien. ›Das Lied von Bernadette‹ schreibt er als Dank für seine Errettung. Von Lissabon bringt sie ein Schiff nach New York. Die letzten Jahre verlebt Werfel in Los Angeles, Kalifornien. Am 26. August 1945 erliegt er seinem schweren Herzleiden.

Franz Werfel
Gesammelte Werke
in Einzelbänden

Herausgegeben von Knut Beck

Franz Werfel
Gedichte

aus den Jahren 1908–1945

Fischer
Taschenbuch
Verlag

4.–5. Tausend: März 1996

Veröffentlicht im Fischer Taschenbuch Verlag GmbH,
Frankfurt am Main, März 1993

Lizenzausgabe mit freundlicher Genehmigung
des S. Fischer Verlags GmbH, Frankfurt am Main

Umschlagentwurf: Buchholz / Hinsch / Hensinger
Gesamtherstellung: Clausen & Bosse, Leck
Printed in Germany
ISBN 3-596-29466-5

Gedruckt auf chlor- und säurefreiem Papier

Inhalt

Die Auswahl des Autors

Erster Teil

I. *Der Weltfreund [1908–1910]*

Ich, nur ich... 15
An den Leser 17
Der dicke Mann im Spiegel 18
Morgengesang eines Lumpen 20
Der Getreue 22
Nächtliche Kahnfahrt und Erinnerung 23
Der schöne strahlende Mensch 25
Wanderlied 26
Ich habe eine gute Tat getan 27

II. *Wir sind*

Ihr Alle... 29
Als mich dein Wandeln an den Tod verzückte 31
Die Unverlassene 32
Vater und Sohn 33
Blick-Begegnung 35
Eine alte Frau geht 36
Das andere Dasein 38
Verzweiflung 39
Der Sonntagabend 40
Welche Lust auf Erden denn ist süßer 41
Ewig Abschied 42
Das interurbane Gespräch 43
Der göttliche Portier 44

Ein Lebenslied 45
Ich bin ja noch ein Kind 46

III. *Einander [1914–1915]*
Wo kommt meine Liebe her? 49
Lächeln Atmen Schreiten 51
Hohe Gemeinschaft 53
Der gute Mensch 54
Warum, mein Gott 55
Anrufung 57
Veni Creator Spiritus 58
Fremde sind wir auf der Erde alle 60
Mondlied eines Mädchens 61
Nächtliche Heimkehr 63
Jesus und der Äser-Weg 64

IV. *Der Gerichtstag [1914–1917]*
So reich bist du... 67
Die Wortemacher des Krieges 69
Der erste Verwundetentransport 1914 70
Die Leidenschaftlichen 71

V. *Beschwörungen [1918–1921]*
Was tat deine Seele... 73
Weib am Tod 75
Blicke 76
Herbstlied 77
Die Maus oder Notturno eines Demiurgen 78
Der Hund 80
Ballade von den Begleitern 81
Sonntag 83
Das Gedicht 84
Exodus 34/29 85
Das Lied der Ahnen 86
Venezianische Melancholien
[1] Der Volksplatz von Santa Margarita 88

[2] Fondamenta Labia 90
[3] Gassengang 92

VI. Schlaf und Erwachen. Ein Totenpsalter
Kleines Requiem 93
Litanei von den Zimmern der Verstorbenen 95
Fragment von den älteren Toten 97
Gesang von den großen Toten 99
Der uralte Ahn 100
Die verklärte Magd 101
Der tote Jugendgefährte 102
Mann und Selbstmörderin 103
Ezechiels Gesicht von der Auferstehung 105
Der Schneefall 108

Zweiter Teil

VII. Buch der Unruh
Der Schmerz 109
Erster Schultag 111
Im Haus der Kindheit 113
Elternlied 115
Leib im Spiegel 116
Madonna mit den Krähen 117
Das Bleibende 119
Blick der Kreatur 120
Die Fremdheit 121
Anblick und Losreißung im Konzertsaal 122
Der Mensch ist stumm 123

VIII. Hymnarium
Dort und Hier 125
Abendgesang 127
Morgenhymnus 128
Gebet um Sammlung 129
Der Kalender des Schlafes 130
Die Wohltat der Gifte 131

Lob des Lobes 132
Tempora mea in manibus tuis 133
Mysterium der Auserwählung Israels 134
Legende von der Sprache 136
Echnatons Sonnengesang 138

IX. *Gedichte [1938]*
Der Weltfreund versteht nicht zu altern 141
Die Uhr des Schlaflosen 143
Morgenlärm 145
Ballade von der Krankheit 146
Lehrs uns zu merken, Gott 148
Der Dirigent 150
Traumstadt eines Emigranten 151
Der größte Deutsche aller Zeiten 152
Der gute Ort zu Wien 154

X. *Kunde vom irdischen Leben [1943]*
Ich staune 157
Prolog vom Besuch 159
Ballade vom Winterfrost 161
Eine Prager Ballade 164
Sechs Setterime zu Ehren des Frühlings von
Neunzehnhundertundfünf 165
Der Kranke 167
Der Widder 168
Körpergefühl 169
Mensch und All 170
Höhe des Lebens 171
Fünf Sinngedichte
[1] Sinngedicht vom Mangel 172
[2] Der Welt große Balance 172
[3] Du sollst Gott lieben 173
[4] Die Vision der Vision 173
[5] Das Eigentum 173
Sie ehren nicht Kronos, den Gott der Zeit 174

Gestammel in elfter Stunde 177
Göttlicher Sinn der Krankheit 179
Totentanz 180
Eine Stunde nach dem Totentanz 181
Der allerletzte Augenblick 182
Begegnung mit einer Toten 183
Der Reim 184
Auf den alten Stationen 185

Ergänzende Auswahl des Herausgebers

Der Kinderanzug 189
Kindersonntagsausflug 190
An den Guten Kameraden 192
Ich bin ein erwachsener Mensch 194
Die Schöne und das peinliche Wort 195
Armer Student, süße vornehme Frauen anbetend 196
Die Instanz 198
An mein Pathos 199
Und doch 200
Kleine Ballade an die Schwester 201

Anhang

Verzeichnis der Gedichtüberschriften 205
Verzeichnis der Gedichtanfänge 211
Bibliographischer Nachweis 216

Die Auswahl des Autors

Erster Teil

I. Der Weltfreund

[1908–1910]

Ich, nur ich bin wie Glas.
Durch mich schleudert die Welt ihr schäumendes Übermaß.
Die Anderen sind wie Eisen und Holz,
Auf ihren festen Charakter, die Undurchstrahlbarkeit, stolz.
Manchmal schauen sie zu mir hin
Und sehn mich nur, wenn ich vom durchdringenden Strome
blind und qualmig bin.

An den Leser

Mein einziger Wunsch ist, Dir, oh Mensch, verwandt zu sein!
Bist Du Neger, Akrobat, oder ruhst Du noch in tiefer
Mutterhut,
Klingt Dein Mädchenlied über den Hof, lenkst Du Dein Floß
im Abendschein,
Bist Du Soldat oder Aviatiker voll Ausdauer und Mut.

Trugst Du als Kind auch ein Gewehr in grüner Armschlinge?
Wenn es losging, entflog ein angebundener Stöpsel dem Lauf.
Mein Mensch, wenn ich Erinnerung singe,
Sei nicht hart und löse Dich mit mir in Tränen auf!

Denn ich habe alle Schicksale durchgemacht: Ich weiß
Das Gefühl von einsamen Harfenistinnen in Kurkapellen,
Das Gefühl von schüchternen Gouvernanten im fremden
Familienkreis,
Das Gefühl von Debütanten, die sich zitternd vor den
Souffleurkasten stellen.

Ich lebte im Walde, hatte ein Bahnhofsamt,
Saß gebeugt über Kassabüchern und bediente ungeduldige
Gäste.
Als Heizer stand ich vor Kesseln, das Antlitz grell überflammt,
Und als Kuli aß ich Abfall und Küchenreste.

So gehöre ich Dir und Allen.
Wolle mir, bitte, nicht widerstehn!
Oh könnte es einmal geschehn,
Daß wir uns, Bruder, in die Arme fallen!

Der dicke Mann im Spiegel

Ach Gott, ich bin das nicht, der aus dem Spiegel stiert,
Der Mensch mit wildbewachsner Brust und unrasiert.
    Tag war heut so blau,
    Mit der Kinderfrau
Wurde ja im Stadtpark promeniert.

Noch kein Matrosenanzug flatterte mir fort
Zu jenes strengverschlossenen Kastens Totenort.
    Eben abgelegt,
    Hängt er unbewegt,
Klein und müde an der Türe dort.

Und ward nicht in die Küche nachmittags geblickt?
Kaffee roch winterlich und Uhr hat laut getickt.
    Atmend stand verwundert,
    Der vorher getschundert
Übers Glatteis mit den Brüderchen geschickt.

Auch hat die Frau mir heut wie immer Angst gemacht
Vor jenem Wächter Kakitz, der den Park bewacht.
    Oft zu öder Zeit
    Hör im Traum ich weit
Diesen Teufel säbelschleppen in der Nacht.

Die treue Alte, warum kommt sie denn noch nicht?
Von Schlafesnähe allzuschwer ist mein Gesicht.
    Wenn sie doch schon käme
    Und es mit sich nähme,
Das dort oben leise singt, das Licht.

Ach, abendlich besänftigt tönt kein stiller Schritt.
Und Bábi dreht das Licht nicht aus und nimmt es mit.
    Nur der dicke Mann
    Schaut mich hilflos an,
Bis er tieferschrocken aus dem Spiegel tritt.

Morgengesang eines Lumpen

Nun wieder eine Nacht durchjohlt,
Ist rings der Stadtpark aufgewacht.
Allee, der Wasserfall, ein Vogelzwitschern ohne Mühe.
In der durchsichtigen Frühe,
Nach falschbekränzter Nacht
Hast du mich eingeholt.

Wie ich dich gestern sah:
Bewegte Straße glitt
Dein Gang. Wer dürfte frevelnd sagen,
Daß unter Röcken und Jackett, so leicht getragen,
Sich mehr verbarg als Atemzug und Schritt,
Du Schlanke fern und nah?

Gefühl, geheimer Sinn
Und ein Gedanke kam.
Elysisch aufgeregt blick ich zum leichten Himmel hin, zur leichten Erden.
Du wirst ein Weib sein, du wirst Mutter werden.
Warum zerschmilzt mich Scham?
Was reißt mich Wonne hin?

Noch höher bist du bald
Und weiter mir entrückt.
Denn was vergöttlicht? Leiden! Du wirst leiden.
Im Erker sitzen seh ich dich verständig und bescheiden,
Von Schmerz und Glück bedrückt,
Nun mildere Gestalt.

In die Natur und Pflicht
Wächst lieblich du hinein.
Ich aber treibe mich herum in parfümierten Vestibülen,
In überheizten Zimmern schwelge ich auf Pfühlen.
Du denkst an Dinge rein,
An Milch und Kindgewicht.

Drum soll es so geschehn:
Von Wolken licht umdrängt,
Zieh mir vorbei in Wind und solchem Morgen oben!
Ich will dich bebend hochbeloben
Und Blick und Bart gesenkt
Vor dir in Andacht stehn.

Der Getreue

So viele mit dir spielen,
Du spielst mit all den Vielen,
Mich aber merkst du nicht.
Ich bin im Hintergrunde
Dir nahe jede Stunde
Mit zugefrornem Munde
Und eisernem Gesicht.

Die dich gern unterhalten,
Sie mögen ruhig walten,
Sie sind kein Hindernis.
Es kommen immer neue,
Und keiner, den ich scheue,
Denn ich bin der Getreue,
Und du bist mir gewiß.

Einst bist du abgedroschen,
Verblichen und erloschen,
Und keiner um dich her.
Dann werde ich mich wenden,
Zu ernten und zu enden.
Auf meinen festen Händen
Trage ich dich über mein finsteres Meer.

Nächtliche Kahnfahrt und Erinnerung

Tschibuktürke auf dem Ladenschild,
Was verbeugt sich dein vergeßnes Bild?

Mit dem Nacht- und Wassergang im Bund
Grüßt dein pfiffig zugespitzter Mund.

Während Boot und Welle steigt und taucht,
Zum gemalten Blau dein Tschibuk schmaucht.

Und es spricht, der längst zerspalten ward:
Nimm mich mit auf deine Ruderfahrt!

Ach, wie Wasser, drängend, sich nicht läßt,
Halt ich dich mit leichten Farben fest.

Kind, vernimm zu nächtlichem Geleit:
Ewig sind wir. Wahn ist alle Zeit.

Dieser Turban, der dich einst gerührt,
Wird von dir unendlich fortgeführt.

Dich und ihn gibst du im Wechsel preis,
Bis ihr wieder euch berührt im Kreis.

Den zur Kinderstund dein Auge sah,
Lieber Bruder, schmauchend ist er da.

Tschibuktürke überm Ladenschild,
Was verbeugt sich dein verstorbnes Bild?

Anmerkung: Über den Tabakverschleißen des alten Österreich hing oft ein Bild, das einen hockenden Türken darstellte, der die Wasserpfeife raucht.

Der schöne strahlende Mensch

Die Freunde, die mit mir sich unterhalten,
Sonst oft mißmutig, leuchten vor Vergnügen,
Lustwandeln sie in meinen schönen Zügen
Wohl Arm in Arm, veredelte Gestalten.

Ach, mein Gesicht kann niemals Würde halten,
Und Ernst und Gleichmut will ihm nicht genügen,
Weil tausend Lächeln in erneuten Flügen
Sich ewig seinem Himmelsbild entfalten.

Ich bin ein Korso auf besonnten Plätzen,
Ein Sommerfest mit Frauen und Bazaren,
Mein Auge bricht von allzuviel Erhelltsein.

Ich will mich auf den Rasen niedersetzen,
Und mit der Erde in den Abend fahren.
Oh Erde, Abend, Glück, oh auf der Welt sein!!

Wanderlied

Glaubst du, deine Schritte sind vergangen,
Die einst kies- und straßenüber klangen?
Deine schwergesenkten, deine leichtgelenkten,
Deine kindgedrängten, deine volksvermengten,
Deine Schritte laufen oder schleppen
Ewig weiter über Weg und Treppen.

Glaubst du, deine Worte sind verloren,
Die dein wallendes Gemüt geboren?
Hangend in den Häusern, unter Toren,
Sinken sie in vorbestimmte Ohren,
Bilden sich zu wunderlicher Stunde
Und entflattern neu dem Enkelmunde.

Glaubst du, Sohn, du könntest dein sie heißen,
Schritt und Worte, die ins Weite reisen?
Oder wähnst du, daß der graue, alte
Ahnherr diese sprach und jene wallte?
Und ist gar aus meinem Lied zu lesen,
Daß du selbst der Bärtige gewesen?

Ich habe eine gute Tat getan

Herz, frohlocke!
Eine gute Tat habe ich getan.
Nun bin ich nicht mehr einsam.
Ein Mensch lebt,
Es lebt ein Mensch,
Dem die Augen sich feuchten,
Denkt er an mich.
Herz, frohlocke:
Es lebt ein Mensch!
Nicht mehr, nein, nicht mehr bin ich einsam,
Denn ich habe eine gute Tat getan.

Nun haben die seufzenden Tage ein Ende.
Tausend gute Taten will ich tun!
Ich fühle schon,
Wie mich alles liebt,
Weil ich alles liebe.
Hinström ich voll Erkenntniswonne.
Du mein letztes, süßestes,
Klarstes, reinstes, schlichtestes Gefühl:
Wohlwollen!
Tausend gute Taten will ich tun.

Schönste Befriedigung
Wird mir zuteil:
Dankbarkeit,
Dankbarkeit der Welt.
Stille Gegenstände,

Werfen sich mir in die Arme.
Stille Gegenstände,
Die ich in einer erfüllten Stunde
Wie brave Tiere streichelte.

Mein Schreibtisch knarrt,
Ich weiß, er will mich umarmen.
Das Klavier versucht mein Lieblingsstück zu tönen,
Geheimnisvoll und ungeschickt
Klingen alle Saiten zusammen.
Das Buch, das ich lese,
Blättert von selbst sich auf.

Ich habe eine gute Tat getan.
Einst will ich durch die grüne Natur wandern,
Da werden mich die Bäume
Und Schlingpflanzen verfolgen.
Die Kräuter und Blumen
Holen mich ein,
Tastende Wurzeln umfassen mich schon,
Zärtliche Zweige
Binden mich fest,
Blätter überrieseln mich,
Sanft wie ein dünner,
Schütterer Wassersturz.

Viele Hände greifen nach mir,
Viele grüne Hände,
Ganz umnistet
Von Liebe und Lieblichkeit
Steh ich gefangen.

Ich habe eine gute Tat getan,
Voll Freude und Wohlwollens bin ich
Und nicht mehr einsam,
Nein, nicht mehr einsam.
Frohlocke, mein Herz!

II. Wir sind

Ihr Alle Alle, die ich bin,
Ja Freude, Freude ist der Sinn.
In dem Ekel der Ewigkeit
Trifft jeden seine Zeit
Und reißt ihn hin.
Gott, Freude, Ziel der Verwandlung, dem ich danken kann,
Daß ich nie verrinn wie ich nie verrann,
Ich stürze, ich bete an . . .

Als mich dein Wandeln an den Tod verzückte

Als mich dein Dasein tränenwärts entrückte,
Und ich durch dich ins Unermeßne schwärmte,
Erlebten diesen Tag nicht Abgehärmte,
Mühselig Millionen Unterdrückte?

Als mich dein Wandeln an den Tod verzückte,
War Arbeit um uns und die Erde lärmte,
Und Leere gab es, Gottlos-Unerwärmte,
Es lebten und es starben Niebeglückte.

Da ich von dir geschwellt war zum Entschweben,
So viele waren, die im Dumpfen stampften,
An Pulten schrumpften und vor Kesseln dampften.

Ihr Keuchenden auf Straßen und auf Flüssen,
Gibt es ein Gleichgewicht in Welt und Leben,
Wie werd ich diese Schuld bezahlen müssen!?

Die Unverlassene

Es kommt die eine neue Nacht.
Du bist von Ferne aufgewacht,
Und neben dir ist Schnarchen schwer.
Und, ach, vom Gitterbettchen her
Ein Weinen klein und unbewußt.
Da schlägst du deine Decke um,
Nimmst ohne Glück und stumm
Das Kind an deine Brust.

Wenn mühsam Tag sich näherdrängt
Und dich in Erdenlos verfängt,
Wird Schoß und Lippe wissensschwer,
Und kennt dein Fuß kein Schweben mehr,
Wächst dir ums Aug der dunkle Strich,
Gedenke und erinnere dich,
Daß jener Bote aus besserer Welt
Dich seltsam in der Seele hält!

Weißt du, weißt du den Abendgang,
Wo noch dein Wesen glitt und sprang?
Wer fühlte einst im Elternhaus,
Wer dich in Ewigkeit voraus?
Wenn du dich einsam meinst,
Wer kannte schon den Schmerzenston,
In wessen Kehle brannte schon
Das Weinen, das du jetzt weinst?

Vater und Sohn

Wie wir einst in grenzenlosem Lieben
Späße der Unendlichkeit getrieben
Zu der Seligen Lust,
Uranos erschloß des Atems Bläue,
Und vereint in lustiger Kindertreue
Schaukelten wir da durch seine Brust.

Aber weh! Der Äther ging verloren,
Welt erbraust und Körper ward geboren,
Nun sind wir entzweit.
Düster von erbosten Mittagsmählern
Treffen sich die Blicke stählern,
Feindlich und bereit.

Und in seinem schwarzen Mantelschwunge
Trägt der Alte wie der Junge
Eisen hassenswert.
Die sie reden, Worte, sind von kalter
Feindschaft der geschiedenen Lebensalter,
Fahl und zornverzehrt.

Und der Sohn harrt, daß der Alte sterbe,
Und der Greis verhöhnt mich gellend: Erbe!
Daß der Abgrund widerhallt.
Und schon klirrt in unsern wilden Händen
Jener Waffen – kaum noch abzuwenden –
Höllische Gewalt.

Doch auch uns sind Abende beschieden
An des Tisches hauserhabenem Frieden,
Wo das Wirre schweigt,
Wo wir's nicht verwehren, trauten Mutes,
Daß, gedrängt von Wallung gleichen Blutes,
Träne auf- und niedersteigt.

Wie wir einst in grenzenlosem Lieben
Späße der Unendlichkeit getrieben,
Ahnen wir im Traum.
Und die leichte Hand zuckt nach der greisen,
Und in einer wunderbaren, leisen
Rührung stürzt der Raum.

Blick-Begegnung

Ein Blick!
Ein Grüßen, Schmachten, Gleißen,
Ein Wiedersehn von Sternenzeiten her...
    Die Straße strömt,
    Das Schicksal ist bereit.
Ein rasches heißes Voneinanderreißen!
Matt rückgewandt ein: Noch, noch ist es Zeit!
Und jetzt: Nie mehr!

Eine alte Frau geht

Eine alte Frau geht wie ein runder Turm
Durch die alte Hauptallee im Blättersturm.
Schwindet schon, indem sie keucht,
Wo um Ecken schwarze Nebel wehen.
Wird nun bald in einem Torgang stehen,
Laute Stufen langsam aufwärts gehen,
Die vom trägen Treppenlichte feucht.

Niemand hilft, wenn sie ins Zimmer tritt,
Ihr beim Ausziehn ihrer Jacke mit.
Ach, sie zittert bald an Händ' und Bein'.
Schickt sich an mit schwerem Flügelschlagen,
Aufgehobene Kost von alten Tagen
Auf des Kochherds armen Rost zu tragen,
Bleibt mit ihrem Leib und sich allein.

Und sie weiß nicht, wie sie schluckt und kaut,
Daß in ihr sich Söhne aufgebaut.
(Nun, sie freut sich ihrer Abendschuh.)
Was aus ihr kam, steht in andern Toren,
Sie vergaß den Schrei, wenn sie geboren,
Manchmal nur im Straßendrang verloren,
Nickt ein Mann ihr freundlich »Mutter« zu.

Aber, Mensch, gedenke du in ihr,
Ungeheuer auf der Welt sind wir,
Da wir brachen in die Zeiten ein!
Wie wir in dem Unbekannten hängen,

Flattern Schatten mit gewaltigen Fängen,
Die ins Letzte uns zusammendrängen:
Diese Welt ist nicht die Welt allein.

Wenn die Greisin durch die Stube schleift,
Ach, vielleicht geschieht's, daß sie begreift.
Es vergeht ihr brüchiges Gesicht.
Ja, sie fühlt sich wachsender in Allem
Und beginnt auf ihre Knie zu fallen,
Wenn aus einem kleinen Lampenwallen
Ungeheuer Gottes Antlitz bricht.

Das andere Dasein

Ein dicker Spatz im Nordwind saß auf meinem Fensterbaum.
Oh kleiner Atemrauch, silbern, zu sehen kaum!
Auf einem Ast saß er, den Schnabel himmelwärts gewandt.
Ich, im geheizten Zimmer, hab ihn friedevoll genannt.
Ich, im geheizten Zimmer, sagte laut:
Wie wohlig ist dir selbst die Winterwelt und traut!
Du schwingst dich auf und ab durch dieses Tages grauen
Schein.
Weltunbewußt fällt dir, was jetzt mich schauern macht, der
Tod nicht ein.

Da ließ der Vogel plötzlich
Sein Köpfchen los.
Auf schlaffem Halse taumelt
Und tanzt es bloß.
Ringsum die Federn stäubten, die schmerzlich aufgesträubten.
Und nieder sank
Ein runder Ball
(Draußen knackt's leis)
Langsam und feierlich aufs unbegrenzte Weiß.

Verzweiflung

Nacht kam herein.
Und morgen, wähnen wir, wird's Tag.
Da gehn die Wagen wieder,
Und an den Türen läutet es.

Die Mutter mein sitzt da.
Ihr Antlitz ist nicht meins.
Sie redet viel an mich.
Ich denk an fremdes Nichts.

Die Schwester mein lacht auf.
Leicht könnte ich sie hassen.
In meiner Öde brodelt
Schon ein gemeines Wort.

Ich bin so zugebaut!
Und alles weint nach Liebe.
Ich auch nach Liebe weine,
Und hab doch keinen gern.

Der Sonntagabend

Noch habe ich diesen Stern nicht verlassen.
Noch umfängt mich süß untätiges Leid.
Doch eh mich Bestimmung der Seele
Flutet aufs morgige Gestirn,
Fließe ich noch durch die lange Weltnacht,
Flattre ich noch mit den Abgeschiednen
Durch unerwachte Forste und Wiesen.
Noch einmal sinken durch mich
Des Verlorenen weinende Bilder,
Eh die ersten Stürme schmettern,
Eh die fremden Strahlen fallen,
Eh im stählernen Arm das furchtbare *Morgen* mich hält.

Welche Lust auf Erden denn ist süßer

Taucht nur, senkt nur eure wilden Fratzen
In mein reines, fließendes Wesen!
Diese Seele brandzuschatzen,
Seid ihr alle, allesamt erlesen.

Märtyrer, gegrüßt, wollüstige Büßer,
Heil dem Herzen, durch und durch geschlagen!
Welche Lust auf Erden denn ist süßer,
Als verwundet werden und nichts sagen?

Komm, Verräter, daß ich dich erbose,
Du mit müden Händen, listiger Späher!
Hier Gesicht und Brust!! Mit jedem Stoße
Bin ich ja dem Tempo Gottes näher!

Ewig Abschied

Schon als ich ein Kind war, hab ich die Liebe erlitten.
Plötzlich stand ich erstarrt in jubelnder Tage Mitten,
Und fühlte – ich spielte im Garten dabei –
Särge im Zimmer und qualmende Litanei.

Lachend bin ich mit teuren Menschen gesessen.
Nie kann ich den dunkel surrenden Ton vergessen.
Augen blühten mir zu: Nicht vergeht unsre Zeit!
Und ich sah hängen im Schrank schon das leere Kleid...

Das interurbane Gespräch

Alles kam. Die Wohnung dehnte sich aus den Fugen,
Vergangene Worte sprangen auf, erloschne Gelächter
schlugen.
Versunkene Stimmen, flüsternd, gingen und kamen,
Und ganz verwehte Violinstücke nannten mich schüchtern
beim Namen.
Die oftbetretene Treppe tappte treuherzig heran,
Und alle Türen ächzten im Zauberbann.
Die Rede der Mutter, der Schwestern, sie war nicht weit
Und wandelte doch in der lange verlorenen Zeit.
Wie Mägde, eh sie ins Zimmer treten, die Hand in die
Schürze wischen,
Verbeugten sich alte Gerüche in allen Ecken und Nischen.
Ja, selbst ein vergessener Regensonntag stand am Apparat,
Der den verlorenen Sohn um Erinnerung bat.
Die Zeiten und Weiten brachen aus Uhr und Stein,
Und wie schon jauchzend alles zusammenschäumte,
Riß der Gott der Ferne, der wild sich bäumte,
Uns auseinander und ließ mein Schweigen allein.

Der göttliche Portier

Da ich an dir vorüberlief als Knabe,
Wuchst du im Tor, unendlich aufgehoben.
Dein Dreispitz rührte Wappensterne oben.
Allmächtig sank dein Bart, Mann mit dem Stabe!

Wie ich mich kindlich auch vergangen habe,
Silberner Greis, du tratst herein zu loben,
Warst sänftlich grausem Kindertraum verwoben,
Wo ich mich gelb einstürzen sah im Grabe.

Nun wieder, Bibelgott, erscheint dein Bild.
Aus Kindernächten wallt dein breitgelockter
Erzväterbart, der goldene Brust umquillt.

Die winterlichen Tressen klingeln mild,
Und tief beruhigt mich dein weißbeflockter
Allgütiger Pelz, der durch die Sphären schwillt.

Ein Lebenslied

Daß einmal mein dies Leben war,
Daß in ihm jene Kiefern standen,
Und Ufer schlafend sich vorüberwanden,
Daß ich in Wäldern aufschrie, sonderbar,
Daß einmal mein dies Leben war!

Wo Ufer schlafend sich vorüberwanden,
Was trug der Fluß mit Schilf und Wolk' davon?
Wo bin ich, – und ich höre noch den Ton
Von Ruderbooten, wie sie lachend landen,
Wo Ufer schlafend sich vorüberwanden.

Wo bin ich, – und ich höre noch den Ton
Von Equipagen, dicht im Kies verfahren,
Kastanien- und Laternensprache waren
Noch da und Worte, – doch wo sind sie schon?
Wo bin ich, – und ich höre noch den Ton.

Kastanien- und Laternensprache waren
Noch da und Atem einer breiten Schar,
Und mein war ein Gefühl von Gang und Haaren.
Oh Ewigkeit! – Und werd ich es bewahren,
Daß einmal mein dies Leben war?

Ich bin ja noch ein Kind

Oh Herr, zerreiße mich!
Ich bin ja noch ein Kind.
Und wage doch zu singen
Und nenne dich
Und sage von den Dingen:
Wir sind!

Ich öffne meinen Mund,
Eh du mich ließest deine Qualen kosten.
Ich bin gesund
Und weiß noch nicht, wie Greise rosten,
Ich klammerte mich nie an Pfosten
Wie Frauen in der schweren Stund.

Nie müht ich mich durch müde Nacht
Wie Droschkengäule, treu erhaben,
Die ihrer Umwelt längst entflohn,
(Dem zaubrisch zerschmetternden Ton
Der Frauenschritte und allem, was lacht.)
Nie müht ich mich, wie Gäule, die ins Unendliche traben.

Nie war ich Seemann, wenn das Öl ausgeht,
Wenn die platzenden Wasser die Sonne verhöhnen,
Wenn die Notschüsse dröhnen,
Wenn die Rakete zitternd aufsteht.
Nie warf ich mich, dich zu versöhnen,
Oh Herr, aufs Knie zum letzten Weltgebet.

Nie war ich ein Kind, zermalmt in den Fabriken
Dieser elenden Zeit, mit Ärmchen ganz benarbt!
Nie hab ich im Asyl gedarbt,
Weiß nicht, wie sich Mütter die Augen ausstichen,
Ihr alle, die ihr starbt, ich weiß nicht, wie ihr starbt!

Du aber, Herr, stiegst nieder, auch zu mir.
Und hast die tausendfache Qual gefunden,
Du hast in jedem Weib entbunden,
Du starbst im Kot, in jedem Stück Papier,
In jedem Zirkusseehund wurdest du geschunden,
Und Hure warst du manchem Kavalier.

Oh Herr, zerreiße mich!
Was soll dies dumpfe, klägliche Genießen?
Ich bin nicht wert, daß deine Wunden fließen.
Begnade mich mit Martern, Stich um Stich!
Ich will den Tod der ganzen Welt einschließen.
Oh Herr, zerreiße mich!

Bis daß ich erst in jedem Lumpen starb,
In jedem Hund und jedem Gaul verreckte,
Und ein Soldat im Wüstendurst verdarb,
Bis, armer Sünder ich, das Sakrament weh auf der Zunge
schmeckte,
Bis ich den aufgefreßnen Leib aus bitterm Bette streckte,
Nach der Gestalt, die ich, verhöhnt, umwarb.

Und wenn ich erst zerstreut bin in den Wind,
Aus jedem Tod, aus jedem Leben tauche,
Dann lodre, Herr, mir auf im Dornenstrauche!
Ich bin dein Kind.
Dann, Wort, dann praßle auf, das ich in Ahnung brauche,
Flamm unverzehrbar dich durchs All: Wir sind!!

III. Einander

[1914–1915]

Wo kommt meine Liebe her?
Wo denn wogt das unsichtbare Meer,
Draus sich alle Tränenquellen sammeln?
Wolken wandern. Erste Tropfen stammeln,
Hochgeheime Regen niederfahren,
Und das innre Fließen schwindet nie . . .
Kreislauf, heiliger, der Sympathie,
Sei gesegnet, der du Leben schenkst,
Die Vertrockneten mit Tränen tränkst,
Und den Durst uns stillst, den einzig unstillbaren!

Lächeln Atmen Schreiten

Schöpfe du, trage du, halte
Tausend Gewässer des Lächelns in deiner Hand!
Lächeln, selige Feuchte, ist ausgespannt
All übers Antlitz.
Lächeln ist keine Falte,
Lächeln ist Wesen vom Licht.
Durch die Räume bricht das Licht, doch ist es noch nicht.
Nicht die Sonne ist Licht,
Erst im Menschengesicht
Wird das Licht als Lächeln geboren.
Aus den tönenden, leicht unsterblichen Toren,
Aus den Toren der Augen wallte
Frühling zum erstenmal, Himmelsgischt,
Lächelns nieglühender Brand.
Im kühlen Brand des Lächelns spüle die alte Hand,
Schöpfe du, trage du, halte!

Lausche du, horche du, höre!
In der Nacht ist der Einklang des Atems los,
Der Atem, die Eintracht des Lebens groß.
Atem schwebt
Über Feindschaft finsterer Chöre.
Atem ist Wesen vom höchsten Hauch.
Nicht der Wind, der sich taucht
In Weid, Wald und Strauch,
Nicht das Wehn, vor dem die Blätter sich drehn...
Gottes Hauch wird im Atem der Menschen geboren.
Aus den Lippen, den schweren,

Verhangen, dunkel unsterblichen Toren
Fährt Gottes Hauch, die Welt zu bekehren.
Auf dem Windmeer des Atems hebt an
Die Segel zu brüsten im Rausche
Der unendlichen Worte nächtlich beladener Kahn.
Horche du, höre du, lausche!

Sinke hin, kniee hin, weine!
Sieh der Geliebten erdenlos schwindenden Schritt!
Schwinge dich hin, schwinde ins Schreiten mit!
Schreiten entführt
Alles ins Reine, alles ins Allgemeine.
Schreiten ist mehr als Lauf und Gang,
Der sternenden Sphäre Hinauf und Entlang,
Mehr als des Raumes tanzender Überschwang.
Im Schreiten der Menschen wird die Bahn der Freiheit geboren.
Mit dem Schreiten der Menschen tritt
Gottes Anmut und Wandel aus allen Herzen und Toren.
Lächeln, Atem und Schritt
Sind mehr als des Lichtes, des Windes, der Sterne Bahn:
Die Welt fängt im Menschen an.
Im Lächeln, im Atem, im Schritt der Geliebten ertrinke!
Weine hin, kniee hin, sinke!

Hohe Gemeinschaft

Nimmer, nimmer vergiß, wenn leicht
Du unter Witz und Gelächter weilst,
Wie doch jedes Leben zuletzt
Weh wird, und mühsam ein jeder stirbt.

Mehr als Gemeinschaft von Worten und Werk
Bindet uns alle der brechende Blick,
Bindet uns alle das letzte Bett,
Und die Not und die Nacht, wenn das Herz ausgeht.

Beugst du dich tief vor des Mächtigen Schritt,
Bebst du dahin vor der süßen Gestalt,
Spähst du dem Feind ins eiserne Aug,
Kniest du vor unerreichbarem Bild,

Ahne du, ahne doch schwindenden Blick,
Schrecklichen Atem und trockenen Mund,
Die Hand, die sich krampft, und das letzte Allein,
Und die Stirn, wie sie feucht wird von Elend und Schweiß.

Und daß dir gebührt, was Allen gebührt,
Und du verwandt bist zum endlichen Tag,
Du bist nicht verkürzt um den Adel des Leids,
Denn schon weil du bist, bist du gleich. So sei stolz!

Nimmer vergiß, und fühle, wie groß
Zärtlichkeit, Liebe dein Antlitz durchtränkt.
Zartsein ist Weisheit und Milde ist Sinn.
Stets deinem Mund bleibt ein Zauber vergönnt.

Der gute Mensch

Sein ist die Kraft, das Regiment der Sterne,
Er hält die Welt wie eine Nuß in Fäusten,
Unsterblich schlingt sich Lachen um sein Antlitz,
Krieg ist sein Wesen und Triumph sein Schritt.

Und wo er steht und seine Hände breitet,
Und wo sein Ruf tyrannisch niederdonnert,
Zerbricht das Ungerechte aller Schöpfung,
Und alle Dinge werden Gott und eins.

Unüberwindlich sind des Guten Tränen,
Baustoff der Welt und Wasser der Gebilde.
Wo seine guten Tränen niedersinken,
Verzehrt sich jede Form und kommt zu sich.

Gar keine Wut ist seiner zu vergleichen.
Er steht im Scheiterhaufen seines Lebens,
Und ihm zu Füßen ringelt sich verloren
Der Teufel, ein zertretener Feuerwurm.

Und fährt er hin, dann bleiben ihm zur Seite
Zwei Engel, die das Haupt in Sphären tauchen,
Und brüllen jubelnd unter Gold und Feuer,
Und schlagen donnernd ihre Schilde an.

Warum, mein Gott

Was schufst du mich, mein Herr und Gott,
Der ich aufging, unwissend Kerzenlicht,
Und flackre jetzt im Winde meiner Schuld,
Was schufst du mich, mein Herr und Gott,
Zur Eitelkeit des Worts,
Und daß ich dies füge,
Und trage vermessenen Stolz,
Und in der Ferne meiner selbst
Die Einsamkeit?!
Was schufst du mich zu dem, mein Herr und Gott?

Warum, warum nicht gabst du mir
Zwei Hände voll Hilfe,
Und Augen, waltend Doppelgestirn des Trostes?
Und eine Stimme, regnend Musik der Güte,
Und Stirne, überglommen
Von sanfter Lampe der Demut?
Und einen Schritt durch tausend Straßen,
Am Abend zu tragen alle
Glocken der Erde
Ins Herz, ins Herze des Leidens ewiglich?!

Siehe es fiebern
So viele Kinder jetzt im Abendbett,
Und Niobe ist Stein und kann nicht weinen.
Und dunkler Sünder starrt
In seines Himmels Ausgemessenheit.
Und jede Seele fällt zur Nacht

Vom Baum, ein Blatt im Herbst des Traumes.
Und alle drängen sich um eine Wärme,
Weil Winter ist
Und warme Schmerzenszeit.

Warum, mein Herr und Gott, schufst du mich nicht
Zu deinem Seraph, goldigen, willkommenen,
Der Hände Kristall auf Fieber zu legen,
Zu gehn durch Türenseufzer ein und aus,
Gegrüßet und geheißen:
Schlaf, Träne, Stube, Kuß, Gemeinschaft, Kindheit, mütterlich?!
Und daß ich raste auf den Ofenbänken,
Und Zuspruch bin, und Balsam deines Hauses,
Nur Flug und Botengang, und mein nichts weiß,
Und im Gelock den Frühtau deines Angesichts!

Anrufung

Komm, reiner, klarer, winterlicher Geist
Mit deinen eisigen Feuern niederfahrend!
So wenig Zeit noch! Immer weiter jahrend
Von unserm Ende sind wir eingekreist.

Wie eitel doch das Wort sich in uns fügt!
Weh Lächeln, das in Hinterhälten lauert!
Du harte Stirne, tückisch zugemauert!
Oh Schritt bei Tag und Nacht, der lügt!

Komm, Geist, und überrenne diesen Fluch,
Daß wir uns spülen über alle Dämme!
Aus allen Schleusen stürze uns dein Spruch,
Daß Eins das Andre selig überschwemme!

Wähl uns zum Horn aus, Herr, in das du stößt,
– Schon beben wie Gebärende die Erden –
Gib, in dein letztes Antlitz aufgelöst,
Daß alle wir einander Mütter werden!

Veni Creator Spiritus

Komm heiliger Geist du, schöpferisch!
Den Marmor unsrer Form zerbrich,
Daß nicht mehr Mauer krank und hart
Den Brunnen dieser Welt umstarrt,
Daß wir gemeinsam und nach oben
Wie Flammen ineinander toben!

Tauch auf aus unsern Flächen wund,
Delphin von aller Wesen Grund,
Alt allgemein und heiliger Fisch!
Komm reiner Geist du, schöpferisch,
Nach dem wir ewig uns entfalten,
Kristallgesetz der Weltgestalten!

Wie sind wir alle Fremde doch!
Wie unterm letzten Hemde noch
Die Schattengreise im Spital
Sich hassen bis zum letzten Mal,
Und jeder, eh er ostwärts mündet,
Allein sein Abendlicht entzündet,

So sind wir eitel eingespannt
Und hocken bös an unserm Rand,
Und morden uns an jedem Tisch.
Komm heiliger Geist, du, schöpferisch
Aus uns empor mit tausend Flügen,
Zerbrich das Eis in unsern Zügen!

Daß tränenhaft und gut und gut
Aufsiede die entzückte Flut,
Daß nicht mehr fern und unerreicht
Ein Wesen um das andre schleicht,
Daß jauchzend wir in Blick, Hand, Mund und
Haaren,
Und in uns selbst dein Attribut erfahren!

Daß, wer dem Bruder in die Arme fällt,
Dein tiefes Schlagen fest am Herzen hält,
Daß, wer des armen Hundes Blick empfängt,
Von deinem weisen Blicke wird beschenkt,
Daß alle wir in Küssens Überflüssen
Nur deine reine heilige Lippe küssen!

Fremde sind wir auf der Erde alle

Tötet euch mit Dämpfen und mit Messern,
Schleudert Schrecken, hohe Heimatworte,
Werft dahin um Erde euer Leben!
Die Geliebte ist euch nicht gegeben.
Alle Lande werden zu Gewässern,
Unterm Fuß zerrinnen euch die Orte.

Mögen Städte aufwärts sich gestalten,
Ninive, ein Gottestrotz von Steinen!
Ach, es ist ein Fluch in unserm Wallen:
Flüchtig muß vor uns das Feste fallen,
Was wir halten, ist nicht mehr zu halten,
Und am Ende bleibt uns nichts als Weinen.

Berge sind und Flächen sind geduldig,
Staunen, wenn wir dringen vor und weichen.
Fluß wird alles, wo wir eingezogen.
Wer zum Sein noch Mein sagt, ist betrogen.
Schuldvoll sind wir, und uns selber schuldig,
Unser Teil ist: Schuld, sie zu begleichen!

Mütter leben, daß sie uns entschwinden.
Und das Haus ist, daß es uns zerfalle.
Selige Blicke, daß sie uns entfliehen.
Selbst der Schlag des Herzens ist geliehen,
Fremde sind wir auf der Erde alle,
Und es stirbt, womit wir uns verbinden.

Mondlied eines Mädchens

Ich liege in gläsernem Wachen,
Gelöst mein Haar und Gesicht.
Am Boden in langsamen Lachen
Schwebt Mond, das unselige Licht.

Und wie mir die tödliche Helle
Die Stirn und das Auge befühlt,
Zerrinn ich und bin eine Welle,
Gekräuselt, entführt und gespült.

Die Mutter atmet daneben,
Der Vater schläft auf und ab.
Ich habe Angst um das Leben
Von allen, die ich lieb hab.

Jetzt gehn durch verwachsene Zimmer
Erzengel mit schrecklichem Schwert.
Ins Ohr weint mir immer, mir immer
Ein Kind, das mir nicht gehört.

Nachtlampe von tausend Betten
Des Leidens, der Mond mir scheint.
Ich möchte viel Schluchzendes retten
Und bin es doch selbst, die weint.

All Ding im Zimmer verlassen,
Der Schuh, und der Tisch, und die Wand.
Ich möchte das Ferne anfassen,
Nur sein eine streichelnde Hand.

Ich möchte mit Fröstelnden spielen,
Und halten die Kalten im Arm.
Ich fühle, die Reichen und Vielen
Sind Kinder vor mir und so arm.

Für alle muß ich mich sorgen,
Mein Schlaf ist gläsern und schwebt...
Ich horche, wie in den Morgen
Der Atem von Allen sich hebt.

Im Fenster wehn Bäume zerrissen,
Der Himmel ist windig in Ruh.
Ich decke mit meinen Kissen
Die frierenden Welten zu.

Nächtliche Heimkehr

Wie das Wasser an der Kesselwand
Steigt in mir die Einsamkeit zum Rand.

Das verzerrt durch irre Fremde strich,
Gießt sich nun in mich zurück, mein Ich.

Eingeschlafen noch und krampfgestaut
Wie ein Arm, löst sich mein Mensch und taut.

Und aus unerreichlichem Verbleib
Tritt Gott selbst mir jetzt in Blut und Leib.

Jesus und der Äser-Weg

Und als wir gingen von dem toten Hund,
Von dessen Zähnen mild der Herr gesprochen,
Entführte er uns diesem Meeres-Sund
Den Berg empor, auf dem wir keuchend krochen.

Und da der Herr zuerst den Gipfel trat,
Und wir schon standen auf den letzten Sprossen,
Verwies er uns zu Füßen Pfad an Pfad
Und Wege, die im Sturm zur Fläche schossen.

Doch einer war, den jeder sanft erfand,
Und leiser jeder sah zu Tale fließen.
Und als sich Jesus fragend umgewandt,
Da riefen wir und schrieen: Wähle diesen!

Er neigte nur das Haupt und ging voran,
Indes wir uns verzückten, daß wir lebten,
Von Luft berührt, die Grün in Grün zerrann,
Von Öl und Mandel, die vorüberschwebten.

Doch plötzlich bäumte sich vor unserem Lauf
Zermorschte Mauer und ein Tor inmitten.
Der Heiland stieß die dunkle Pforte auf
Und wartete, bis wir hindurchgeschritten.

Und da geschah, was uns die Augen schloß,
Was uns wie Stämme auf die Stelle pflanzte,
Denn greulich vor uns, wild verschlungen floß
Ein Strom von Aas, auf dem die Sonne tanzte.

Verbissene Ratten schwammen im Gezücht
Von Schlangen, halb von Schärfe angefressen,
Verweste Reh und Esel und ein Licht
Von Pest und Fliegen drüber, unermessen.

Ein schweflig Stinken, und so ohne Maß
Aufbrodelte aus den verruchten Lachen,
Daß wir uns beugten übers gelbe Gras
Und uns vor Ekel und vor Angst erbrachen.

Der Heiland aber hob sich auf und schrie
Und schrie zum Himmel, eifernd ohne Ende:
»Mein Gott und Vater, höre mich und wende
Dies Grauen von mir und begnade die!

Ich nannt mich Liebe und nun packt mich auch
Dies Würgen vor dem scheußlichsten Gesetze,
Ach, ich bin leerer als die letzte Metze
Und voller Öde wie ein eitler Gauch.

Mein Vater du, so du mein Vater bist,
Laß mich doch lieben dies verweste Wesen,
Laß mich im Aase dein Erbarmen lesen!
Ist das denn Liebe, wo noch Ekel ist?!«

Und siehe! Plötzlich brauste sein Gesicht
Von jenen Jagden, die wir alle kannten,
Und daß wir uns geblendet seitwärts wandten,
Verfing sich seinem Scheitel Licht um Licht.

Er neigte rasch sich nieder und vergrub
Die Hände ins verderbliche Geziefer,
Und ach, von Rosen ein Geruch, ein tiefer,
Von seiner Weiße sich erhub.

Er aber füllte seine Haare aus
Mit kleinem Aas und kränzte sich mit Schleichen,
Aus seinem Gürtel hingen hundert Leichen,
Von seiner Schulter Ratt und Fledermaus.

Und wie er so im dunklen Tage stand,
Brachen die Berge auf und Löwen weinten
An seinem Knie, und die zum Flug vereinten
Wildgänse brausten nieder unverwandt.

Vier dunkle Sonnen tanzten lind,
Ein breiter Strahl war da, der nicht versiegte.
Der Himmel barst. Und Gottes Taube wiegte
Begeistert sich im blauen Riesen-Wind.

IV. Der Gerichtstag
[1914–1917]

So reich bist du wie du tränenreich bist.
So frei bist du wie du dich selbst überspringst.
So wahr bist du wie du dich kannst verwerfen.
So groß bist du wie klein vor dir der Tod ist.
So tief bist du Wunder
Wie du tiefe Wunder schaust.

*

Ach, es ist nicht gut, zu sagen.
Denn wer sagt, versagt.
Könnten wir den Schwall ertragen,
Wär er Baum, der ragt.

Alle Wesen – Augenabend –
Kommen wie die Hirschkuh trabend,
Lehnen zart das Innig-Scheue
Ihres Haupts an unsre Atemtreue.

Aber wir, ein schwarzer Samen,
Lügner, die zu Worte kamen,
Tatlos Täuscher, Tuer, Täter,
Weltzernenner, Waldverräter,
Morden Gott und uns mit Namen Namen . . .

Die Wortemacher des Krieges*

Die große Zeit! Des Geistes Haus zerschossen
Mit spitzem Jammer in die Lüfte sticht.
Doch aus den Rinnen, Ritzen, Kellern, Gossen
Befreit und jauchzend das Geziefer bricht.

Das Einzige, wofür wir einig lebten,
Des Brudertums in uns das tiefe Fest,
Wenn wir vor *Einem* Himmel niederbebten,
Ist nun der Raub für eine Rattenpest.

Die Tröpfe lallen, und die Streber krächzen
Und nennen Mannheit ihren alten Kot.
Daß nur die fetten Weiber ihnen lechzen,
Wölbt sich die Ordensbrust ins Morgenrot.

Die Dummheit hat sich der Gewalt geliehen,
Die Bestie darf hassen und sie singt.
Ach, der Geruch der Lüge ist gediehen,
Daß er den Duft des Blutes überstinkt.

Das alte Lied! Die Unschuld muß verbluten,
Indes die Frechheit einen Sinn erschwitzt.
Und eh nicht die Gericht-Posaunen tuten,
Ist nur Verzweiflung, was der Mensch besitzt.

* Geschrieben August 1914.

Der erste Verwundetentransport 1914

Leise! Kein Ausbruch jetzt! Bebt! Schweigt!
Ihr Menschen, du Volk, es ist wahr! Ja es ist wahr!
Weint nicht kurz auf, ihr Leute!
Haltet fest in eurer Kehle den Schrei!
Still! Neigt euer Haupt,
Das nun für je gebeugt ist, ihr Frauen!
Das Tuch, die Hand tut vor die Munde! Schweigt!
Menschen, du Volk, es ist wahr!
Kein Wort mehr, kein Jammer mehr!
Gebt weiter, still, den entsetzensvollen Blick
Und rührt euch, Ihr Gedrängten, rührt euch leise an!
Seht hin, dorthin, wo jetzt meine Hand hinzeigt!
Beugt euch tiefer, Schlafwandelnde, Schmerzgeborne,
Du elendes, oh du jammervolles Geschlecht!

Die Leidenschaftlichen

Mein Gott, es werden sein zu deiner Rechten
Nicht die Wahrhaftigen allein und die Gerechten,
Nein alle, die liebend in Dezembernächten
Vor einem Fenster froren. Und Frauen, die sich rächten
Mit Vitriol und dann im Gerichtssaal ergrauten.
Die Eifersüchtigen, die ihr Blut stauten,
Im Finstern weinend sich im Licht erfrechten.
Die Lebenstrunknen all, die mit bezechten
Gliedern dem Tod sich in die Grube schmissen.
Sie werden alle sein zu dir emporgerissen,
Und werden sitzen, Gott, zu deiner Rechten.

Es werden wandeln in deinen Gärten
Nicht nur die Demütigen und Beschwerten,
Nein alle, die leuchteten und verehrten.
Mädchen, die in Konzerten erkrankten,
Weil ihre Wangen zu bleich sich verklärten.
Blicke aus Augen, die dankten,
Wahre Augen-Blicke zu nimmer verzehrten
Dauern aus Zeit in deine Zeiten gehoben,
Werden sie lodern weiter und loben:
Leichte Feuer, wandelnd in deinen Gärten.

Es werden ruhen, Gott, in deinen Tiefen
Nicht die allein, die deinen Namen riefen,
Nein alle, die in den Nächten nicht schliefen.
Die am Morgen ihr Herz mit beiden Händen häuften
Wie Flamme, und liefen

Tiefatmend, blind, in unbekannten Läuften.
Sie haben nichts gefürchtet, nichts verstanden,
Sie horchten nur den Stürmen die sie riefen.
Wie sehr wir *hier* sind, sind wir *dort* vorhanden.
Die hier unruheten *aus* deinen Tiefen,
Sie werden ruhen dort *in* deinen Tiefen.

V. Beschwörungen

[1918–1921]

Was tat deine Seele heute zur Nacht im Halbschlaf
der elften Stunde?
Sie glitt durch das Lächeln des Saals, durch Musik, sie strich
um die summende Runde.

Und wo war deine Seele, als unsern Raum der Mitternacht
Uhren durchpochten?
Sie ging ohne Schatten im Mond über Schnee, verloren und
in sich verflochten.

Und als die Schwinge des Sterns heran die neue Stunde
getragen?
Sie zechte zu zweit und vergoß den Wein. Unterm Tisch
lag der Dritte erschlagen.

Und in der nächsten, der dünnsten Zeit, was durchlief sie
für Abenteuer?
Oh, sie war Vogel und Zauberfrau und Herrin von
Wasser und Feuer.

Welcher Wahn war im heiligsten Augenblick des Tiefschlafs
ihr zugemessen?
Sie wußte, daß sie unsterblich ist. Jetzt hat sie es
wieder vergessen.

Weib am Tod

Woher komm ich, und du,
Wo tratst du hervor,
Die unwissend mein Bann
Aus der Weltnacht beschwor?

Durch den regnenden Raum
Befahl uns ein Muß,
Daß wir strahlend heran
Uns kreuzten im Kuß.

Wie im Keim des Akkords
Sich das Lied schon verbirgt,
So war in dem Kuß
Unsre Welt vorgewirkt.

Was hab ich getan,
Und blieb ich nicht wert,
Daß die schreckliche Blässe
Dein Antlitz verheert?

Daß so mühsam und schwer
Du bewegst deinen Schein,
Und die Nacht in dem Haus
Durchatmest allein?

Und fielen wir ab,
– Ich bleibe ja frei –
Warum trifft es nur dich,
Zu büßen für Zwei?

Blicke

Nichts Nackteres als die Nacktheit von Augen.
Kein Mund ist so nackt, wie Augen zu saugen
Vermag nicht der bissigste Kuß.

Und selbst in der Liebe letztem Berühren
Ist der Funke, der schlagende, nicht zu spüren,
Den der Kurzschluß von Augen zückt.

Unser Leib ist ein fast fühlloser Schatten.
Doch in nackten Blicken schmiegen und gatten
Sich Leiber von lichterem Stoff.

Herbstlied

Es sinkt der Tag, es sinkt das Jahr, es sinkt der Mann.

Dicht drängen sich die festen
Äpfel auf muskelkrummen Ästen.
Die Straße abwärts schaukelt ein Gespann.
Die Pferde nicken leicht umwolkt.
Über des Hügels Hüfte kolkt
Ein Volk windzechender Krähn.
Das saatgeheime Grillenheer,
Des Sommers Saite, schwirrt nicht mehr.
Ein schwerer Ruf, den keiner kennt,
Waldher schwingt auf aus heiligem Instrument.
Durch mich auch geht, was ich nicht weiß,
Ein wortverborgenes Trostgeheiß:
Daß ich im Herbst begriffen in,
Wie Vogel, Baum, verschwankendes Gespann,
Atmend nicht ausgeschlossen bin.

Es sinkt der Tag, das Jahr, der Mann.

Die Maus

oder

Notturno eines Demiurgen

Ein Herbergszimmer voll November-Nacht.
Der fremde Mann liegt schon im Bett, das kracht.
Das Buch fällt zu. Sein Auge starrt und wacht.
Ans Fenster klatscht abgründiges Geflatter,
Im Ofen teufelt Windgeknatter.

Die lange Kerze auf dem Nachttisch sticht
Erregt empor, allein sie spendet nicht
An das Geschatte Licht vom wahren Licht.
Auf wüsten Teppich wirft sie ihre Wolke
Von hellem Dunst, den Kreis von trüber Molke.

Auf dem verschmierten Teppich macht sich breit
Des Kerzen-Abscheins schleimige Widrigkeit.
Der Gast schickt seinen wirren Innenstreit
(Bestarrend faden Kreises Flackerschwanken)
Zu Boden, fern unfaßliche Gedanken.

November, grauer Flegel, flucht ums Haus.
Der Fremde starrt sein Denken in den Graus
Des Licht-Abhubs hinab. Da, eine Maus, –
Woher die Maus? – jagt in der Kerzen-Schwade,
Und kreist rennt rast im lichtgeworfenen Rade.

Woher die Maus? Wer zweifelt länger hier?
Sie schoß aus keinem Loch ins Licht-Revier.
Und doch, sie kreist, sie ist kein Wahn. Das Tier
Ist dieses Fremden leibgewordne Schrulle.
Dem Nichts Entsprungenes rast in lichter Nulle.

Der Fremde sieht den Tanz der Maus gespannt.
Drei Pendelschläge bleibt er interessant.
Dann lacht der Mann, gähnt, dreht sich laut zur Wand,
Vergißt, – ist's List? – die Kerze auszublasen,
Und überläßt das Tierchen seinem Rasen.

Der Hund

Horch, der böse Hund bellt!
Wie er sich die Gurgel wund bellt,
Und mit Stößen, ungefügen wilden,
Worte sich, Urklötze bilden,
Die, wenn qualvoll sie dem Maul entrollen,
Hunger, Angst und Wollust heißen sollen.
    Aus dem Lebens-Tort
    Rollt und kollert Wort.
    Horch, der Hund bellt!

Wie ich hier am Tisch bin,
Ichlos aufgelöst und träumerisch bin,
Möcht ich leis mich mit den Wesen tauschen,
Tanne werden, Rabe, Abendrauschen.
Doch ich kann mich schaffend nicht erhellen,
Auch aus mir keucht nur ein hehres Bellen.
    Nimmer kann ich fort.
    Gebe Wünschen Wort.
    Horch, der Hund bellt!

Keucht auch er, des Hauch erhub den Urtag,
Stammelt er noch immer den Naturtag?
Sind wir alle, Stern, Mensch, Blumenzierden,
Nichts als Laute seiner Gottbegierden?
Du und ich und diese ganze Rundwelt
Nur hervorgebellt... Ha... Horch, der Hund bellt!
    Endlich ist der Ort.
    Aller Ort ist Wort.
Und weil Alles Wort ist, herrscht der Tod.

Ballade von den Begleitern

Ich gehe, umstöbert, durch Schnee durch den Schnee.
(Gibt es Bäume und Zäune?) Ich sehe, ich seh
In der webenden Nähe der Nacht nur Schnee.

Dumpf trott ich die träge Straße allein.
Doch bin ich allein? In dem langsamen Schnein
Fühl ichs vor mir und um mich und hinterdrein.

Wankt vor mir ein schwerer betrunkener Mann,
Der im Zickzack den Rucksack kaum schleppen kann,
Oder ist es ein kranker, ein sterbender Mann?

Umflinkt mich von beiden Seiten ein Paar,
Ein Doggenpaar, schlüpfend und unsichtbar?
Oft streift michs wie Sprung und wie Hundehaar.

Und hinten, ist das ein Schlittengaul,
Der vom Wagen sich losriß mit schnaubendem Maul?
Jetzt folgt er mir, müde schellend und faul.

Doch bleibe ich stehn in dem langsamen Schnein,
So halten die leisen Begleiter auch ein.
Vor mir und um mich und hinterdrein.

Der Kranke preßt sein mühsames Herz,
Die Doggen ducken sich dicht seitwärts,
Heiß trifft mich die Atemwolke des Pferds.

Und hebe ich müde wieder den Schritt,
So knirscht es auch vorne, schlüpft beiderseits mit,
Und hinten läutet und trottet Viertritt.

Schneestraße! Ureinsam! Nur unser Gestapf.
Nicht darf der Kranke sich strecken zum Schlaf.
Für den Gaul kein Stall, für die Hunde kein Napf.

Diese Straße, die nie einen Morgen erschwingt,
Muß ich weiter schweifen durch Schneien und Wind,
Allein, – doch unrettbar umwest und umdingt.

Sonntag

So wird es Tag und so wirds Nacht.
Wer weiß, was das bedeutet?
In Häusern ein ums andre Licht.
Ein Fenstervorhang flattert,
Und nur der Sternenhimmel summt.

Da wacht am Sonntag-Abend
Ein Kirchenfenster auf und glüht,
Und die geborenen Menschen
Ziehn knirschenden Dezemberweg.
In ihrem Aug steht ferner Fernenblick.

Und einer, der den Blick erlauscht,
Und sieht, wie die bekleideten Gestalten
Ein jedes still in seinem Nebel zieht,
Bleibt stehn, und hemmt nicht seine Tränen,
Und preßt das Klopfen seiner Brust.

In Häusern ein ums andre Licht,
Die Kinder kommen aus dem Schlaf.
Ein Fenstervorhang flattert,
Die Kinder gehen in den Schlaf.
Und nur der Sternenhimmel summt.

Das Gedicht

Was mir gelingt,
Darf nicht *mir* gelingen.
Ein andres Wesen will aus mir dringen,
Während mein Wachsein sinkt.
Das Fremde ist wohlgelaunt.
Es hat mich erwählt, daß es werde.
Nun grüßt es, scheidend, mit kalter Gebärde.
Ich starre ihm nach, müd und erstaunt.

Exodus 34/29

Als vom Sinai stieg der heilige Lehrer,
Seiner Botschaft wilder Wiederkehrer,
Hangen war in seinem Haar geblieben
Gottes Feuer. Und es steht geschrieben:

»Er warf Strahlen, aber wußt es nicht.«

Heilande, Propheten, heilge Lehrer,
Kamen nach ihm, Gottes Wiederkehrer.
Licht auf ihrem Haupt ist rückgeblieben,
Doch allein von Mose steht geschrieben:

»Er warf Strahlen, aber wußt es nicht.«

Das Lied der Ahnen

Dein Leib ist unsre Gabe,
Merk dir's, nicht deine Habe!
Er ward von uns in guten, eignen Tagen
Schön durchgewetzt und abgetragen.
Wir liehen dir dein Fleisch als Rock,
Dein Rückengrat als Wanderstock.
Den abgeschabten Stoff mußt du besonders schonen.
Tu nicht groß, gib acht!
Beug dich, beug dich unsrer Macht!
Wir sind Herrn im Haus, wo wir als Mieter wohnen.

Gedanken, Worte, Taten,
Nur uns sind sie geraten.
Und was du glaubst zu sagen und zu sammeln,
Ist Nachgestottertes und Kinderstammeln.
Du aber siehe unsern Fleiß,
Sieh, wie wir kräftig oder greis
In deinem Haupte basteln, beten, lehren.
Hör das Lärmen an,
Gib dich hin, erkenne, Mann,
Daß du nur ernährst, die dich ernähren.

Und läßt du dir es schmecken
Beim Braten und beim Wecken,
Wir Frauen sind es, die auf geile Weise
Sich wählen *ihre* Kost in *deiner* Speise.
Dann, nach dem überwürzten Schmaus
Suchen wir dir die Weibse aus.
Und so regieren wir dein Fressen und dein Freuen.

Bett- und Topfgeguck
Duld es, und kein Aufgemuck!
Was wir vorgekaut, du darfst es wiederkäuen.

Wir lungern an der Schwelle
Der gotterfüllten Stelle,
Wo du ganz frei von uns bist und dein Eigen,
Selbst dort belauschen wir dein tiefstes Schweigen.
Und kündigt Gott dir das Quartier,
Noch eh du kalt bist, packen wir,
Und schwärmen aus und surren wie die Drohnen.
Wie's auch will dein Tod,
Ob zu Sternflug, ob zum Kot...
Wir sind da, im Wind mit dir und werweißwo zu wohnen.

Venezianische Melancholien

[I] Der Volksplatz von Santa Margarita

Als der Jugend letztes Sonnenblinken
Schmilzt der Tag. Die Bogenlampe schwirrt.
Auf dem Glockenturme, himmeltrinkend,
Tanzt die Heilige, des Platzes Hirt.

Mit der großen Trommel Kanonade
Bricht die Banda jetzt in ›Tosca‹ aus.
Dort der Rummelort drischt eine Schwade
Orgelschwalls hinein und Hutschensaus.

Ach, wie schön wär es, die Welt zu lieben
Und die Menschen, bis ins Blut erwärmt.
Doch der Männer Züge sind gerieben
Und von flegelhaftem Mut durchlärmt.

Heisre Mädchen kreischen. Immer dichter
Ziehn sie grell an greller Häuserwand.
Aber selbst die reizendsten Gesichter
Sind entehrt und halb herabgebrannt.

Grimmig schiebt der Kellner mir die Tasse
Auf den Tisch. Er hat mich gar nicht gern.
Und ich leide tief an seinem Hasse,
Der im Rücken mich verletzt, von fern.

Tosca stirbt. Die Karusselle schäumen.
Menschenstrahlen pumpt ein Kino flott.
Ölgestank! In sterndurchwogten Räumen
Tanzt die Heilige schwarz und starr vor Gott.

Viel zu morsch, mich auf vom Platz zu raffen,
Stütze ich den Kopf in meine Hand,
Ohne Wunsch. Mein tränenloses Gaffen
Ist voll Todes bis zum Rand.

[2] Fondamenta Labia

Wie gelbe abgetropfte Kirchenkerzen,
Die sich im Wachse werfen und sich schwärzen,
Sind die gekrausten alten Fraun.
Sie hexen hin, die schlauen schwarzen Flämmchen,
Ihr Bauch ist riesig, doch ihr Hals ein Stämmchen,
Ein Wurzelstock, so krummgeschraubt und braun.
Ich sah das nie.

Und nichts als Krüppel! Kranke atmen schwer.
Der Buckel dort tritt feldherrnhaft einher.
Ein Hinkender trägt hüpfend seine Laute
Behutsam unterm Arm verstaut.
Und doch, als ob der Laute vor ihm graute,
Gibt sie bei jedem Auffall Laut.
Ich hörte das nie.

Im Ghetto vecchio gar ist es noch schlimmer.
Aus einem Laden lacht gleichgültiges Gewimmer,
Ein Anzug an der Stange schachert stumm.
Die Einen tragen hier den Kopf verbunden,
Die Andern aber zeigen offne Wunden,
Ein Krückenbankert humpelt um.
Hier war ich nie.

Die Bettelvölker, die im Tor versteckten,
Sie dringen schon wie langsame Insekten
Mit ihren runden Fühleraugen vor.
Und will man sie mit schwacher Hand verjagen,

So machen sie ein Fliegen-Flügelschlagen
Und setzen schwärzlich summend sich ins Ohr.
Sie weichen nie.

Am Himmel, an dem nächtlich schon vergrellten,
Hängt Spiegelung von wohlbestelltern Welten,
Hängt prunkvoll der Piazza Abendbrand.
Ich aber kann mich von dem Ort nicht lösen,
Im Winkel kleb ich, im verfemten, bösen,
Als wär er mir im fernsten Blut verwandt,
Ich weiß nicht wie.

[3] Gassengang

Wie Gespenster aus den andern Zonen,
Wie Verstorbene schweben hausentlang,
Heb ich an, den Plätzen beizuwohnen,
Und ich schwanke mit im Gassengang.

Hab ich hier gelebt? Wer kann das wissen?
Leb ich noch? Mein Schritt gibt fernen Ton.
Doch ich fühl mich aus mir selbst gerissen...
Längst begrub mich meine Mutter schon.

Nur ein Toter kann so lau erstaunen.
Wunder alles! Nichts hat einen Grund!
Alle Wesen sind vertrackte Launen.
Und ich frag mich: Ist ein Hund ein Hund?

Aus der Bar dringt Aquavit und Mynthe.
Eine Stimme schnurrt am Schanktisch hohl.
Brauch ich Schnaps im Gang der Labyrinthe?
Nein! Der Tod ist stärkrer Alkohol.

Tausend Füße auf dem Pflaster-Felle
Trommeln Märsche, die nur Gott versteht.
Doch mich freut's, daß ich die Leute prelle,
Daß ein Totenschritt mit ihnen weht.

Und wie mich die Blicke frech umhecheln,
Höhnisch äffend den zerzausten Herrn,
Grüße ich mit abgeschiednem Lächeln
Mein verwirktes Sein und scheide gern.

VI. Schlaf und Erwachen

Ein Totenpsalter

Kleines Requiem

Keiner weiß, wie arm er ist,
Wird er in dem knappen Schragen
Kopf voran treppab getragen,
Durch den blumendumpfen Flur.
Manche, die mit schwarzem Schreiten
Schmerzhaft ihn zu Grab geleiten,
Schauen heimlich auf die Uhr.
Keiner weiß, wie arm er ist.

Keiner weiß, wie reich er ist.
Wer von Tag zu Tag geflogen,
Hat gesammelt, hat gesogen
Ahnungslos der Stunden Seim.
Und nun trägt er traute Lasten,
Wachs und Honig des Erfaßten
Zu den Bienenstöcken heim.
Keiner weiß, wie reich er ist.

Litanei von den Zimmern der Verstorbenen

Die ausgestoßenen Toten
Sie liegen auf Lauer umher.
Die Luft ist voll Wiederkehr,
Doch ihr Heim bleibt ihnen verboten.
Die Tische, die Bänke, die Schränke,
Ihre Habe beherrschen nun wir.
Und berührt unsere Hand ihr Klavier,
Fühlt der Klang, welche Lauscher er kränke...
Oh erbarmt euch der Toten! Bald sind wir bei ihnen.

Man hat ein wenig geweint
Und geraschelt mit Kränzen und Maschen.
Doch wer starb, ist schon morgen ein Feind.
Das Haus wird geputzt und gewaschen.
Sie räuchern, sie klopfen, sie bohnen,
Der Tote wird aus den Stuben gestaubt,
Und es ist ihm nicht einmal erlaubt,
Im Schatten seines Bettes zu wohnen.
Oh erbarmt euch der Toten! Bald sind wir bei ihnen.

Ich öffne ein ältliches Buch,
Da zerbrechen die Zeilen und knicken.
Eine Vase geht plötzlich in Bruch,
Und die Uhr hetzt mit stichelndem Ticken.
Des Lehnstuhls harrende Mulde,
Sie höhlt sich so leer und verwaist,
Und der Ausdruck des Diwans beweist,
Daß ich ihn den Verstoßenen schulde.
Oh erbarmt euch der Toten! Bald sind wir bei ihnen.

An der Tür ein kurzes Geschell!
Kein Besuch ist draußen zu finden.
Doch, schließt man auch ängstlich und schnell,
Findets Zeit, herein sich zu winden.
Was folgt uns ins Zimmer aus finsterem Flur?
Was wittert am Boden mit Näherstreben,
Was sucht eine arme Schnauzevoll Leben
Auf seiner eignen verwaschenen Spur?
Oh erbarmt euch der Toten! Bald sind wir bei ihnen.

Der lungernde Vagabund
Darf niedersitzen zu seiner Grütze.
Und der räudigste Hungerhund,
Er säuft und spiegelt sich in der Pfütze.
Doch wo soll der goldne Magnat
Seine badeverwöhnten Glieder *nun* dehnen?
Und die Spiegel, nach denen die Frauen sich sehnen,
Grinsen vor Leere, wenn eine naht.
Oh erbarmt euch der Toten! Bald sind wir bei ihnen.

Ja, wir erben und üben Verrat!
Wir haben sie ausgebeten.
Nun sind sie die Lumpenproleten
In Gottes verborgenem Staat.
Und vielleicht bedeutet der Zeit
Brandwolke, das All-Erbosen,
Die Rache der Obdachlosen,
Denn der Tod ist ein riesiger Neid!
Oh erbarmt euch ihrer! Bald sind wir bei ihnen.

Fragment von den älteren Toten

Als wir noch großen Umgang hatten
Im frühen Zwitterlicht der Zeit
Mit untern Welten und mit Schatten,
Da wurde schwarzes Blut geweiht
Und ausgestellt vor Tor und Türen,
Die scheuen Toten zu verführen.
Doch nach erfahrnen Brauchgeboten
Erschienen dann mit gierigem Mut
Noch ungelenk die frischen Toten
Und schmeckten zitternd von dem Blut.

Wir aber wichen von Gebräuchen.
Verfallen bleibt die Totenwelt
Und zugewachsen mit Gesträuchen
Wie ein verruchtes Nesselfeld.
Wir lassen uns trotz Allerseelen
Von Toten keine Stunde stehlen.
Und dennoch streifen ringsumher
Gar manche frische Bettelkunden.
Der Todes-Stand fällt ihnen schwer,
Den schon die Alten längst verwunden.

Denn wer im Totsein wohlerfahren,
Den lockt nicht Wohnort, Mann und Weib.
Die Mutter selbst will nicht gewahren
Den Sproß aus ihrem eignen Leib.
Sie haben ihre Eigennamen,
Die sie als Säuglinge bekamen,

(Die Nummer, die den Sträfling zählt,)
Auf langer Wander fortgeschmissen.
Beim Trödler hängt das Ich zerschlissen,
Aus dem sie sich herausgeschält.

Doch unversehrt und ausgewogen
Wartet ihr Kern im Irgendwo.
So schlummert, Knie ans Kinn gezogen,
An seinem Ort der Embryo.
Sie schweben, von der Zeit befreit,
Im Ei ihrer Vergessenheit.
Nur manchmal prickelt Durstverlangen
Im Humus, der ihr Ruhn umschließt,
Dann kommt der Gärtner schon gegangen,
Der sie mit frischem Schlaf begießt...

Gesang von den großen Toten

Sie sind wie abgewaschen
Von Jahres Staub und Aschen,
Gleich hohen Feiertagen strahlend stumm.
In unsrer Städte Mitten
Mit ausgespannten Schritten
Gehn sie zu allen guten Stunden um.

Ob sich auch ihre Seele
Durchs Fegefeuer stehle,
Ob sie der Humus Gottes in sich hält,
Der Tod ist hier kein Kerker.
Sie werden jährlich stärker
Und nähren sich, wo nur ihr Name fällt.

Wenn wir ihn gläubig nennen
Mit kräftigem Bekennen,
Dann lächeln sie so weiß und jugendfrisch.
Wir auch von Stolz erglühen,
Weil sie sich herbemühen
Und sitzen sichtbar fast mit uns zu Tisch.

Im Innern wir uns sehnen,
Sie möchten aus sich dehnen
Bis an das Grenzgebiet von Fleisch und Blut,
Damit in Tränenflüssen
Die Hand wir ihnen küssen,
Was man Lebendigen so selten tut.

Der uralte Ahn

Du gingst durch einen engen Gang.
Der Gang war ein Jahrhundert lang.
Nun, da im Fels der Stollen schwindet,
Schleichst du gebeugt, verkrümmt, erblindet.

Denk ich des Kindheits-Schatzes rück,
So ist dein Stock mit Silber-Krück
Und deine hohe Stimme drunter.
Du sangst mir Lieder, fremd und munter.

Als kleines Kind saß ich dir nah.
Doch was seitdem an mir geschah,
Wie tief ich dich indes vergessen,
Das kann mein eignes Herz nicht messen.

Mich lockte rauschender Alarm.
Du standest fromm und treu und arm
Im Gotte, den du mitbekommen.
Du hast dir nichts herausgenommen.

Nun, da durchsichtig ausgebleicht
Das Haupt dir fast zum Gürtel reicht,
Und du ins Sterben endlich willigst,
Möcht ich, daß du mich nicht mißbilligst.

Die verklärte Magd

So schwer trugst du die letzte Last
Und schwandest leicht, so leicht dahin.
Nun wirkst du wieder unverblaßt
In mir, du Morgenhüterin.

Ich geh durch meiner Kindheit Park.
Die aufgeschürfte Erde klafft.
Doch überall machst du sie stark,
Oh Magd, mit deiner Liebeskraft.

In Bäumen steigt, der sich noch schämt,
Ein Frühling auf. Er knospet dich.
In Weidenkatzen pelzverbrämt
Grünt deine Reinheit österlich.

In eine dunkle Orgelflut
Dringt durchs geöffnete Portal
Ein Amselschall. Er ist dein Mut,
Der sich zu mir herniederstahl.

Und alles löscht er, was erbost
Und was die Jahre eingebrannt.
In einer Glorie von Trost
Geh ich wie einst an deiner Hand.

Der tote Jugendgefährte

Wenn du mir jetzt von fern entgegenkämest
Aus deines Tods ländlichem Aufenthalt,
Ich weiß, daß du den Hut vom Kopfe nähmest,
Zu grüßen einen, der für dich schon alt.

Du könntest ja den Herrn nur halb erkennen,
Der sich so sehr verändert im Gesicht.
Ich aber sähe dich in früher Reinheit brennen,
Vom Tode jung bewahrt, du Knabenlicht.

Wenn du geruhtest, jäh nicht zu zerfließen
Und deine Hoheit mir nicht zu entziehn,
Vielleicht würde ich nur die Augen schließen,
Vielleicht auch würd ich niederknien.

Mann und Selbstmörderin

Hier liegst du! Dein Blut auf der Wange
Stockt längst in der spärlichen Rinne.
Ich starre und harre schon lange,
Daß mein Aufschrei nun Stimme gewinne,
Daß mein Schmerz zu Boden mich werfe...
Kein Aufschrei! Das Aug nur im Innern
Funkelt mit Sirius-Schärfe.

Du Weib in dem spärlichen Blute,
(Warte, gleich werde ich schreien!)
Minute versinkt um Minute
Wie zögerndes Stöbern und Schneien.
Ich bin schuldig! Nicht gibt es Verzeihung!
Unerbittlich verdammt mich dein Schweigen,
Doch ich atme, ich atme Befreiung.

Geliebte, wie hast du mein Wesen
Getrübt und mit Dämpfen beschlagen!
Nun will ich zusammen mich lesen...
(Warte, gleich werd ich aufklagen!)
Dein Tanzen, dein Wiegen, dein Schmiegen,
Dein Duft versiegt, und ich springe,
Wieder jung, aus dem schlaffen Verliegen.

Kann ich je dieses Grauen vergessen?
(Warte, schon kommt mir ein Wimmern!)
Nun werd ich in Wirtshäusern essen
Und sitzen in männlichen Zimmern.

Durch die Straßen flaniere ich hager,
Auf dem Feldbett schlafe ich wieder,
Und nachts hol ich Huren zum Lager...

Lichter, erbarmungslose,
Übers glasige Auge irren.
Der Mann läßt die silberne Dose
Aus der Hand auf den Boden klirren.
Die Tote scheint sich zu rühren.
Auf dem Gang gellt plötzlich sein Rufen.
Schon schlagen im Hause die Türen.

Ezechiels Gesicht von der Auferstehung

Ein Wirbelwind des Herrn (es war ein Mohr
Mit Adlerflügeln und mit Rinderhufen)
Riß mich an sich und trug mich hoch empor
Durch einen Himmel voll von Engelrufen.

»Nach Ost, nach Ost«, sie riefen unser Ziel,
Doch wars der Erde Osten nicht, der nahe,
Wo ich in Mohrenarmen abefiel,
Der Welten Ost wars, den ich unten sahe.

Leer dehnte sich, mehr als dies Wort sagt, leer,
Von Horizont zu Horizont die Glätte,
Nicht Steppe, Wüste, Ebene noch Meer.
Und ich hieß sie im Herzen: Schädelstätte.

Ein Land ohn Stern und Sternes Strahlenzeig,
Rings von des Nichts-Seins Grenzen eingeschlossen.
Undeutlich sah ich Etwas nur: Wie Teig
Auf einem Blech wars endlos ausgegossen.

Da hört ich Seine Stimme: »Menschensohn«,
Daß ich erschrak bis in den Grund des Geistes,
»Kehrt Leben wieder ein, wo es entflohn?«
Ich neigte mich und stammelte: Du weißt es.

Er aber zwang mir Wort um Wort hervor
Und preßte mich, daß ich dem Tod weissage.
Dumpf schon bewegte sich der Teig und gor
Und quoll empor und änderte die Lage.

Ich sah, wie dunkle Flecken tausendfach
Das graue Gären plötzlich übersäten.
Das Harte wars, das aus dem Stoffe brach
Mit Knochenröhren, Wirbeln, Knorpeln, Gräten.

Ein Beingeklapper riesig sich erhob,
Es schien, daß eine Welt aus Bechern würfe,
Zugleich doch schluckt' und schmatzte es, als ob
Ein großer Sumpf die Würfel in sich schlürfe.

Und in dem Ostschein fahl und ungewiß
Wand sich der Totenteig und zeigte Lücken,
Bis er mit einem Donnerschlag zerriß,
Dem Eisstoß gleich, zu Millionen Stücken.

Da saß und stand es, was seit Adams Zeit
Auf Erden je gewerket und geweidet,
Mit offnen Munden, Augen schreckbereit,
Die Hand dem Herzen nah, das wieder leidet.

Noch hatte kaum gerundet sich die Haut
Um Eingeweide, Muskelwerk und Knochen,
Noch hatte die Pupille nichts erschaut,
Und schon war Trauer in sie eingebrochen.

Die Frauen stierten frierend in den Schoß,
Die Männer deckten ungenau die Blöße.
Nur wenig Arme bettelten sich los
Zum Herrn, daß er voll Tod sie wieder flöße.

Und alle alle, Männer, Kinder, Fraun,
In ihrer ausgesetzten Nacktheit bebten.
Es zog durch sie ein graues Wiederschaun,
Ein Wiederkauen alles Abgelebten.

Auch Tiere mischten matt sich unter sie,
Die ihr Erwachen mit hereingezogen,
Hund, Lamm und Esel, Rind und Federvieh,
Unfertig noch. Auch Tauben, die nicht flogen.

Vor meinen Augen schwankte es so blaß,
Daß mich Entsetzen würgte und Erbarmen.
Mir wars, als müßt ich heulen: Herre, laß!
Und hemmen den Erwecker mit den Armen.

In mir das kleine Leben nicht ertrug,
Daß Ausgebranntes hier von neuem kohlte,
Daß die versiegte Zeit sich niederschlug
Und Fleisch und Blut noch einmal wiederholte...

Doch Er gebot mir: »Schrei zu Meinem Geist!«
Da brach ich aus in brüllende Erflehung
Und sank und sank. Blau kam es angekreist.
Die Toten knieten, lobten, lichtgespeist.
Und langsam klärte sich die Auferstehung.

Der Schneefall

Oh langsames Fallen des Schnees,
Unendlich schleierndes Treiben!
Wär doch mein Auge geistesgestählt,
Ihm könnte verborgen nicht bleiben,
Daß jede Flocke des weißen Gewehs
Gewußt ist, gewogen, gezählt.

Oh Flocken, die tanzend sich drehn,
Ihr klein beseelten Persönlichkeiten,
Vertragen von Schwere, Leichte und Wind,
In eurem Kommen und Gehn
Seh ich die Schicksale niedergleiten,
Die ihr beginnt, vollendet, beginnt...

Die eine fällt wollig und weich,
Die andre voll Trotz und kristallen,
Die dritte von Widerständen geballt.
Doch löst sich morgen das bleiche Reich,
So stirbt nicht eine von allen,
Und die reinsten tauen zur Tropfengestalt.

Oh langsamer Schneefall der Welt,
Der Geschlechter dicht schleierndes Treiben!
Es stirbt und schwindet kein einziges Los.
Wir schmelzen, aber wir bleiben,
Wenn uns Tropfen der Tod, als Tauwind bestellt,
Heimsucht und heimsammelt zum Schoß.

Zweiter Teil

VII. Buch der Unruh

Der Schmerz

Mit meinem Schmerze schlaf ich ein,
Mein Schmerz wacht lauernd mit mir auf.
Im ersten feinsten Morgenschein
Liegt er an meiner Brust zuhauf.

Wenn sich, ausweichend dem Geschick,
Mein Sinn noch fest ins Dunkel stemmt,
Trifft mich des Schmerzes Katzenblick,
So mondverwandt, so sternenfremd.

Und wie ich untertags erwarm,
Und was ich spreche, laß und tu,
Der Schmerz schmiegt sich in meinen Arm
Und sieht mir majestätisch zu.

Erster Schultag

In das Haus der Piaristen
Zogen wir als große Schar,
Im gewölbten Raum zu nisten
Manches lange Kinderjahr.
Ehrenvoll den Schultornister
Trug ich heut zum ersten Mal,
Und zum Neide der Geschwister
Klappert drinnen ein Pennal.

Oben stand auf dem Katheder
Groß und grau der Kuttenmann,
Mit dem Finger droht er: jeder
Zeigt mir seinen Namen an.
Wenn auch rauh die Stimme knarrte,
Seine Hand war lieb und weich.
Hinter ihm auf bunter Karte
Dehnte stolz sich Österreich.

Doch im grünen Schulgebänke
Wurde plötzlich mir so schwer,
Als ob hilflos ich versänke,
Ausgesetzt im Knabenmeer.
Unter Härteren und Kältern
Weint ich etwas, ohne Mut,
Bei den anderen Herrn Eltern
Stand Papa und winkte gut.

Als die Stunde ging zur Neige,
Merkt ich gar nicht, daß er schied,
Denn zu Lehrers Winselgeige
Plärrten wir das Kaiserlied.
Mancher schien mir nichts zu taugen,
Grinst' mich tückisch an und schwieg,
Und in wilden Bubenaugen
Wetterleuchtete schon Krieg.

Wenn ich mir die Kindheit hole
Wunderlich und unversehrt,
Glaub ich nicht, sie sei wie Kohle
Längst verglommen, längst verzehrt.
Wo die Kindgespenster nisten,
Geh ich als mein Widerhall
Ewig zu den Piaristen
Irgendwo in Gottes All.

Im Haus der Kindheit

Ich trete in den Flur
Scheu von der Straße ein.
Wie waldige Natur
Umfängt mich Finstersein.
Ein wenig bangte mir,
Als sei es fast verrucht,
Daß man im Kind-Quartier
Sich mit sich selbst besucht.

Einst war so groß das Haus,
So turmhaft hoch gebaut.
Jetzt fülle ich es aus.
Mein Schritt tappt viel zu laut.
Mit mattem Scheibenblick
Das Licht noch immer krankt,
Wo sich der Mosaik
Verschlungnes »Salve« rankt.

Beim Stufensteigen hemmt
Den Schuh geheimer Leim.
So eigen ist mir fremd,
So eigen mir daheim.
Ein Geist nicht anders streicht
Ums ärmliche Gelaß,
Weil er von sich vielleicht
Den Nachgeschmack vergaß.

Ich steige steif und scheu
Von Stock zu Stock hinan.
An Türen alt und neu
Führt mich vorbei der Bann.
Hier wohnt der Arzt nicht mehr,
Ich kenn den Klingelknopf.
Auch tickt vom Hof nicht her
Des Goldschmieds Feingeklopf.

Voll fremder Jahreszeit
Und unbekanntem Lärm
Sich Wohn- an Wohnung reiht,
Es riecht nach Milch und Germ.
Mich aber ziehts empor
Zum hohen Bodenraum,
Den hundertmal beschwor
Ein treugebliebner Traum.

Liegt nicht im morschen Loch,
Verpickt von Staub und Pech,
Die Viertelgeige noch,
Mein Dampferchen aus Blech?
Das alte Kindergut,
Es ruft und lockt mich so.
Wie ist mir denn zumut?
Wo bin ich? Bin ich wo?

Noch nie war mir so dumm.
Mich hält ein Schwindel fest.
Und wie von Wind gepreßt,
Kehr ich verwunschen um.
In frischer Straßenluft
Renn ich ein gutes Stück.
Das Kind in seiner Gruft
Bleibt steif und scheu zurück.

Elternlied

Kinder laufen fort.
Lang her kanns noch gar nicht sein,
Kamen sie zur Tür herein,
Saßen zwistiglich vereint
Alle um den Tisch.

Kinder laufen fort.
Und es ist schon lange her.
Schlechtes Zeugnis kommt nicht mehr.
Stunden Ärgers, Stunden schwer:
Scharlach, Diphtherie!

Kinder laufen fort.
Söhne hangen Weibern an.
Töchter haben ihren Mann.
Briefe kommen, dann und wann,
Nur auf einen Sprung.

Kinder laufen fort.
Etwas nehmen sie doch mit.
Wir sind ärmer, sie sind quitt,
Und die Uhr geht Schritt für Schritt
Um den leeren Tisch.

Leib im Spiegel

Leib im Spiegel, du bist kaum verändert,
Milch und Blut bewahrst du wie als Kind.
Selbst die Zeh'n sind rosa noch gerändert,
Die so weit gegangen sind.

Ist es wahr, daß in verbrauchten Adern
Meuchlerisch ein kleiner Mörder pulst?
Sitzt der Tod schon zwischen Knochenquadern
In der Werkstatt der Geschwulst?

Augen blaun. Und alles scheint beim alten,
Voll des Morgens noch, der viel vermag.
Nur die Sonnenuhr der Wangenfalten
Meldet schon den späten Tag.

Madonna mit den Krähen

Es ist November in der Welt.
Der Baum hebt nackt sein Krüppelbein.
Gebüsch bebt, bettelnd hingestellt.
Vereinsamt stiert der Meilenstein.
Frech wie ein Strolch auf brachem Feld
Die alte Vogelscheuche lungert.
Die Mutter schleppt sich querfeldein.
Das Kindlein friert, das Kindlein hungert.

So grau war noch November nie.
Die Mutter rastet auf dem Stein.
Das Kind liegt schlaff auf ihrem Knie.
Wie sie allein ist nichts allein.
Wohl besser wärs, es würde schnein,
Verschnein die Weiten und die Nähen,
Sie hebt den Kopf, sie hört ein Schrein,
Die Krähen kommen, hundert Krähen...

Das Volk rauscht durch die Luft und schlägt
Und taumelt um Marias Haupt.
Doch keine Kräh im Schnabel trägt
Ein Bröcklein, fluges wo geklaubt.
Nie war die Welt so ausgeraubt.
Die Krähen rings verzweifelt streichen,
Aus Feld und Bäumen, todentlaubt,
Der Mutter Speisung darzureichen.

Nicht Korn und Haselnuß gibts mehr.
So kahl war kein November noch,
Und keine Nacht so liebeleer
Wie diese, die jetzt näherkroch.
Die Schwärze schlurft aus Schlucht und Loch.
Maria haucht, ihr Kind zu wärmen,
Und beugt sich tief, wenn immernoch
Die Krähn sie wahnsinnschrill umschwärmen.

Das Bleibende

Solang noch der Tatrawind leicht
Slovakische Blumen bestreicht,
Solang wirken Mädchen sie ein
In trauliche Buntstickerein.

Solang noch im bayrischen Wald
Die Axt im Morgengraun hallt,
Solang auch der Einsame sitzt,
Der Gott und die Heiligen schnitzt.

Solang auf ligurischer Fahrt
Das Meer seine Fischer gewahrt,
Solang wird am Strande es schaun
Die spitzenklöppelnden Fraun.

Ihr Völker der Erde, mich rührt
Das Bleibende, das ihr vollführt.
Ich selbst, ohne Volk, ohne Land,
Stütz nun meine Stirn in die Hand.

Blick der Kreatur

Du streicheltest den großen guten Hund.
Durchdringe, sprachst du, seinen Augengrund
Und deute mir die ungeheure Trauer,
Die uns umfängt mit leiderstarrter Dauer.

Wenn Engel tief in Menschenaugen schaun, –
Gab ich zur Antwort, – unter edlen Brau'n,
So werden sie bestürzt dasselbe fragen
Und weg sich wenden, weil sie's nicht ertragen.

Die Fremdheit

Er ging an einem Haus entlang.
Ein Ruf aus offnem Fenster sprang.
Nichts. Nur ein Mädchen »Vater« rief.
Ein fremder Baß erwidert tief.
Doch er blieb stehn, ins Herz verstört,
Als hätt er Gottes Ruf gehört,
Der ihn im Kindeslaut vermahnt,
Wie unverquickt und unverzahnt
Er west im irdischen Verband,
Ein Korn, geschleudert übern Rand...
Da horcht und harrt er totenbleich,
Daß ihn ein neuer Ruf erreich',
Doch nur das Fenster schließt sich laut.
Sein Körper steht wie hingebaut.
Auf seinem Haupte, schief und steif,
Die Fremdheit sammelt sich wie Reif.

Anblick und Losreißung im Konzertsaal

Von der Schönheit los das Aug zu reißen,
Reißen müssen, wie das sticht und brennt.
Noch ein Trunk von ihrem weißen Gleißen,
Noch ein tiefer Zug, eh man uns trennt!

Dieser Finger lässiges Gefieder,
Das im Schoße lang und langsam spielt,
Dieser kühle Mund, der Schwalbenblitz der Lider
Und ihr Blick, der achtlos mich durchzielt...

Aufbruch rauscht. Hinab du mein Entflammen!
Nie noch traf ein Scheiden so. Es sinkt
Schlaff mein ungenütztes Herz zusammen,
Da die Menge sie mir nun verschlingt.

Auf dem Platz in menschlichen Geröllen,
Straßenbahn und Autos donnern dicht,
Steh ich starr in einer meiner Höllen,
Bis zur Stirn in Disteln von Verzicht.

Der Mensch ist stumm

Ich habe dir den Abschiedskuß gegeben
Und klammre mich nervös an deine Hand.
Schon mahn ich dich, auf Dies und Jenes acht zu geben.
    Der Mensch ist stumm.

Will denn der Zug, der Zug nicht endlich pfeifen?
Mir ist, als dürfte ich dich nie mehr wiedersehn.
Ich rede runde Sätze, ohne zu begreifen:
    Der Mensch ist stumm.

Ich weiß, wenn ich dich nicht mehr hätte,
Das wär der Tod, der Tod, der Tod!
Und dennoch möcht ich fliehn. Gott, eine Zigarette!
    Der Mensch ist stumm.

Dahin! Jetzt auf der Straße würgt mich Weinen.
Verwundert blicke ich mich um.
Denn auch das Weinen sagt nicht, was wir meinen.
    Der Mensch ist stumm.

VIII. Hymnarium

Dort und Hier

Ja, wir werden sein und uns erkennen,
Nicht mehr machtlos zueinander brennen!

Dumpfer Druck von Unempfindlichkeiten
Dünkt uns dann der Kuß aus Erdenzeiten.

Wir erwachen weinend aus dem Wahne,
Daß die Leiber Lust sind, die Organe.

Uns erschüttert trunkene Erfahrung:
Nur die Flamme lebt, nicht ihre Nahrung.

Hier berühr ich dich. Dort wirds gelingen,
Flamme, daß wir Flammen uns durchdringen.

Und ich brenne tief, was wir hier litten,
Dort im Geisterkuß dir abzubitten.

Abendgesang

Jedes Schlafengehn
Ist eine Niederlage.
Was ich getan am Tage
Ist tief mißlungen.
Ein fester Ringer hat mich hingezwungen.
Nun da's geschehn,
Und lang ich liege,
Ist es viel schöner doch als alle Siege.
Ich schmiege mich in meine Wiege
Und trage keine Frage
Um Tag und Auferstehn.

Morgenhymnus

Ich bin nicht tot. Durch Spalt und Ritze
Verwundet mich der scharfe Strahl,
Und im durchglühten Selbstbesitze
Leb ich noch *Ein* Mal, noch einmal.

Durch offne Läden bricht mit Wogen
Ein Blau, das mir noch nie geblaut.
Die Luft ist kindhaft vollgesogen
Von Sonnenmilch, die niedertaut.

Der Dampfer draußen auf dem Meere
Röhrt riesig wie ein Hirsch zur Brunst.
Von Bergen blitzt geheimer Heere
Sicht-unsichtbare Niederkunft.

Ich bin nicht tot. Laut möcht ichs brüllen
In diesen Tag der Gnadenwahl.
Und alle meine Segel füllen
Sich heut noch *Ein* Mal, noch einmal.

Gebet um Sammlung

Ich bin zerstreut. Mein Vater, sammle mich!
Sammlung ist Wille nicht, Sammlung ist Gnade.
Mich lockt ein Feind verräterisch vom Pfade.
Vor diesem Feinde, Herr, verrammle mich!
Weh, seine Krähenvögel sendet er.
Sie fahren kreuz und quer vor meinen Blicken.
Und will ich mich zu deinem Dienste schicken,
Mein Ohr mit Flüsterstimmen blendet er.
Und aus mir selber surrt sein Botenschwarm
Der Wahnbegierden und der Abgedanken.
Sammlung ist Gnade! Leben, ach, nur Schwanken
In einem augenlosen Totenschwarm.
Ich bin bereit, mein Vater, rufst du mich.
Ich sehe deine Bäume, deine Hage.
Die Welt ist, die sie grün mir rauscht, die Frage.
Und um der Antwort willen schufst du mich.
Ich will sie geben. Herr! Versenke du
Mich in die Brandung deiner tiefsten Stillen!
Laß nicht des Feindes Quellen aus mir quillen,
Und wenn *ich denke*, Vater, *denke Du!!*

Der Kalender des Schlafes

Der Säugling schläft die Nächte durch und Tage,
Ihm ist die Zeit wie Wiesengras nichts wert.
Des Knaben Schlaf hält kürzer schon die Waage
Dem wachen Sein, das endlos wiederkehrt.
Der Mann, voll Wichtigtuns im Reich der Plage,
Mit Ungeduld acht Stunden Schlaf verzehrt.
Der Greis zuletzt nach flüchtiger Ruhelage
Erhebt sich sanft und sonderbar entschwert.
Des Lebens Absturz wird unmerklich so gelindert:
Gott mehrt die Zeit, je mehr die Zeit sich mindert.

Die Wohltat der Gifte

Wenn Bauern Hopfen, Wein und Gerste fechsen,
So ernten sie nicht nur die Sonnenkraft,
Denn Nacht und Mond auch wirkt in den Gewächsen,
Und jeder Saft bedingt den Anti-Saft.
Im Wein schläft Gift, in allen Früchten Gärung,
Es lauscht der Tod in Korn, Tabak und Mohn.
Doch ohne diesen Tod wär die Ernährung
Ein Ekel, mißvergnügt und monoton.
Das Gift bemeistert erst die Lebens-Leere,
Die Sonnenkost bedarf des Gegenteils.
Gott selbst schickt uns das Übel in die Quere
Als tiefere Notwendigkeit des Heils.

Lob des Lobes

Wovon lebt das Unerschaffne Sein,
Gott der Herr, der mit sich selbst All-Ein?
Fällt nicht manchmal an den Seligen Fürsten
In dem Abgrund Seiner selbst ein Dürsten?
Schneller schwingt sich dann der Engel Kreis
Um die Mitte mit entflammtem Preis,
Daß des Hymnus ewige Opfergabe
Fort die Schattung von der Gottheit labe.

Auch der Mensch, nein, jede Kreatur
Lebt nicht, – höchstes Wort, – vom Brote nur.
Trunk kann munden nicht und bester Brocken,
Ist der Abgrund einer Seele trocken.
Doch wenns an die Türe herzlich klopft,
Und ein Lobwort warm ins Innre tropft,
Öffnet das Versiegte sich der Speisung:
Jede Wesenheit sehnt sich nach Preisung.

Tempora mea in manibus tuis

Wem angehöre ich? Den Meinen? Nein!
Die Meinen, die ich meine, sind nicht mein.
Der Nächste selbst bleibt kalt und fremd wie Stein.

Wem angehör ich? Einem Volke? Nein!
Nur Furcht und Trunkenheit treibt zum Verein,
Und unter Tausend bin ich tausendmal allein.

Wem angehöre ich? Mir selber? Nein!
Wer ist Ich selbst? Ein finster Fleisch und Bein,
In dem die Ampel schwankt mit Totenschein.

Wem angehör ich also? Ich bin sein,
Denn Sein ist sein, und schmieg mich, nun ich wein',
In seine offne Vaterhand hinein.

Mysterium der Auserwählung Israels

Du warst im Unerschaffnen vorbereitet,
Bevor das Licht noch reif war meinem Ruf.
Dich hatte ich der Zeit schon eingezeitet,
Eh ich die Ungeduldige erschuf.
Aus der Gestirne Billionenherde,
Aus allen Wesenheiten, Stamm für Stamm,
Bestimmte ich die kleine kühle Erde
Und holte dich hervor aus Abraham.
Doch dir, dem ich mein erstes Wort gegeben,
Dir ließ ich frei, dem Wort zu widerstreben.

Wenn alle irrten, floß in deine Schriften
Ein loher Tropfen mit von *meiner* Schrift.
Ich gab dir auf, das Heil der Welt zu stiften,
Und diese Mitgift wurde dir zum Gift.
Doch du nur konntest tragen die Erschwerung,
Die meine Last dir auferlegte scharf,
Nur du erdulden jene Wertverkehrung,
Die dich mit allen Völkern überwarf.
Dein Leid zog mich herab wie Felsgesteine.
Du warst mein Kind. Drum wurde ich das deine.

Verborgen bin ich in dir umgegangen.
Nun gehst du selbst, der Welt verborgen, um.
Wie deine Dornen in die Stirn mir drangen,
So bist nun du der Dornen Eigentum.
Ich flehte nachts zu mir, daß ich es wende,
Nun lausch ich in den Nächten deinem Flehn.

Und dann ging ich den Leidensweg zu Ende,
Und du, auch du wirst ihn zu Ende gehn.
Sooft du feig versuchst, ihn abzukürzen,
Muß ich dich in dich selbst zurückestürzen.

Doch habe Trost! Nur jene, die dich hassen,
Beschwören, daß dein Heil vergeudet sei,
Daß du gekündigt und in Schmach entlassen,
Als grauser Fortwurf wesest, vogelfrei.
Geschöpfen nicht, auch nicht den Engeln oben
Ward kundgetan in ihrem Strahlenchor,
Wozu du dreifach sein wirst aufgehoben,
Wenn der Atome letztes sich verlor,
Wenn die Posaune durch die Tiefen schauert,
Und du dein Überstehn hast überdauert.

Anmerkung zum Verse:
»Wozu du dreifach sein wirst aufgehoben«,
Aufgehoben = annulliert = conserviert = eleviert.

Legende von der Sprache

Sprache ist an uns ergangen
Vor des Lebens Wann und Wo.
Unser Geist bleibt eingefangen
Ewiglich im A und O.

Dinge sind vielleicht nur Zeichen,
Doch das Wort ist mehr als Schein.
In sein Herz hineinzureichen,
Heißt der Gottheit näher sein.

In der Erde Frühentfalten,
Als noch schwieg der junge Stern,
Traten stumm die Völker-Alten
Alle vor den höchsten Herrn.

Doch sie haben in der Halle
Den sie sehnten nicht erschaut,
Denn mit einem Feuerwalle
Hielt der Hymnus Ihn umbaut.

Trostlos sanken sie zusammen.
Da entrang sich ein Befehl.
Und schon drang aus Engel-Flammen
Rapha-Micha-Gabriel.

Jeder hob sein Schwert und schwang es
Und er schlug, sich beugend rück,
Aus der Lava des Gesanges,
Aus dem Sanktus Stück um Stück.

Und die glühen Sanktus-Stücke
Reichten sie mit Klang und Reim
Den Entsandten aus der Lücke,
Daß sie's trügen würdig heim.

Längst ist diese Glut erloschen,
Und des Wortes Haut liegt nackt,
Ton und Reim sind abgedroschen,
Und die Lava ist verschlackt.

Dennoch schwebt in späten Nächten,
Wenn nichts schnattert mehr und schreit,
Wort an Wort mit Engelmächten
Durch mein Zimmer, unentweiht.

Und ich werde, hingekauert,
Jenes ersten Sanktus inn',
Während mich die Scham durchschauert,
Ob ich seiner heilig bin.

Echnatons Sonnengesang

Wenn Du im hochgelobten Osten
Das Eis der Dämmerung durchdrückst,
Und rot an meines Bettes Pfosten
Mit ersten Strahlen höherrückst,
Dann tauml ich auf, daß mich umbrause
Des Morgens sturmverwühlte See,
Dann kniee ich mit meinem Hause
Vor Dir, mein Vater, Aton Rê!

Wir schliefen mit verstopften Nasen
In unsrer eignen Unterwelt,
Wir hockten lahm in Traum-Oasen,
Von Feinden unsichtbar umstellt.
Da wir nicht liebten und nicht sangen
Auf grauer, todbetrübter Trift,
Entkrochen uns verborgene Schlangen,
Die stechenden, mit ihrem Gift.

Nun aber hast Du Dich erhoben,
Aton, in Deiner Glut-Figur,
Da blickt die Raupe selbst nach oben,
Der Käfer in der Räderspur.
Die Welt, erweckt von Purpur-Güssen,
Bricht wild aus der Verpuppung vor.
Es hüpft das Lamm auf seinen Füßen,
Der Ibis flattert aus dem Rohr.

In allen Städten, Häusern, Kammern
Reckt sich entfesselt Arm bei Arm.
Zersprengt sind selbst der Krankheit Klammern
Von Deinem schmetternden Alarm.
Die Menschen werden sich vorhanden
Im Licht nun, dem kein Ding entgeht.
Wenn sie sich waschen und gewanden,
Ist es wie rührendes Gebet.

Du bist nicht nur die Sonnenscheibe,
Darein Du kleidest Dich seit je,
Du bist in unserm Menschenleibe
Die große Amme, Aton Rê.
Des Mannes Samen machst Du reiflich,
Die Milch im Weib erregest Du,
Du weckst den Atem unbegreiflich
Und führst ihn seinem Ende zu.

Auf meinen breitgebauten Stufen
Seh ich die Welt so voll wie nie.
Ich seh, was Du hervorgerufen,
Den Strom, die Palmen, Mensch und Vieh.
Doch plötzlich werden die Gestalten
So schwach und schwankend im Bestand.
Ich kann die Schöpfung mir verhalten
Mit meiner kleinen großen Hand.

Dich aber kann ich nicht verhalten,
Denn wo Du nicht bist, bin *ich* nicht.
Mit unerträglichen Gewalten
Lohst Du in mir als Liebeslicht.
Die Liebe drängt, hinabzusteigen
Zur Welt im Gottes-Überschwang,
Und mich vor jedem Baum zu neigen
Mit tränenströmendem Gesang.

Die Erde hast Du mir errichtet,
Nur mir die Wölbung, die sie schließt,
Für mich hast Du den Nil verpflichtet,
Der unten, doch auch oben fließt.
Mein Auge sonnt, daß es Dich segne,
Du, Sonne, äugst, daß Du mich siehst,
Ich lebe, daß ich Dir entgegne,
Du lebst, damit Du mich genießt.

Die Millionen Leben quillen
Aus Dir, weil ich Dich ganz versteh.
Um Dein und meiner Liebe willen
Schufst Du die Schöpfung, Aton Rê.
Nun rüst ich mich, zur Welt zu fahren
Auf meinem goldnen Wagen-Thron,
Und im Gesang zu offenbaren
Des Vaters Liebe durch den Sohn.

IX. Gedichte

1938

Der Weltfreund versteht nicht zu altern

Als Junge hab ichs so gehalten:
Begegnete ich einem Alten,
Der mich zu kennen hat geruht,
Zog ich mit tiefstem Gruß den Hut.

In diesem übertriebnen Gruße
Zerknirschung lag und wirre Buße.
Denn jener ging in stolzem Rang
Und ich war nichts als dumpfer Drang,

Der sich verzehrte, zu erreichen
Der Lebenshöhe Ehrenzeichen
In einem Werke, traumerbaut,
Das ich mir selbst nicht zugetraut.

Die Jahre brachten's, die sich mehren,
Daß Andre grüßend mich beehren.
Nicht sehr erstaunt, wenn man mich kennt,
Mach ich mein kurzes Kompliment.

Und kann doch nie den Rang genießen,
Denn würd ich nur die Augen schließen,
Stünd gleich ich buß- und grußbereit
Vor ewiger Unerreichbarkeit.

Die Uhr des Schlaflosen

Um *elf* will mir das Buch entfallen.
Die Zeilen durcheinander lallen.
Der Schalter knackt. Das Licht verflammt.
Mir ist so wohl. Die Bilder wallen.
Tritt an, oh Schlaf, dein treues Amt.

Vor *zwölf* schon bin ich aufgefahren,
Weil Tote in dem Zimmer waren.
Auf mir lags wie Libellenlast.
Mein Herz vor Toten zu bewahren,
Hab ich mich eng zusammgefaßt.

Dann bin ich seltsam klar gelegen
Bis gegen *eins*. Ein Tropfen-Regen
Ans Fenster trommelte die Zeit.
Ich zählte sie, damit der Segen
Des Nichtseins fände mich bereit.

Doch von Sekunde zu Sekunde
Stets seiender, lag ich im Grunde
Verruchter Wachheit unerlöst
Und harrte, daß die *Zweier*-Stunde
Sich endlich ab vom Ufer stößt.

Verkrümmt und hin und her geschlagen,
Im Bett versuchend viele Lagen,
Bis *drei* . . . da blieb nichts unvertuscht.
Der Schädel dröhnt von hundert Fragen.
Ich fand mein Sein und Selbst verpfuscht.

Lang hat die Tagfahrt sich gezogen,
Denn immer neue Zeugen wogen
Die Schuld mir zu ... Es wurde *vier*.
Mensch, du hast Gott und dich betrogen:
Dies Urteil schauerte in mir.

Nicht endete der Zeugen-Reigen,
Bevor es *fünf* war, aufzuzeigen
Verfehlung hier, Versäumnis dort.
Ein Nichts durchsang zuletzt das Schweigen
Moskitohaft und flog nicht fort.

Da habe ich mich aufgegeben
Und nahm es an, das Höllenleben,
Als Strafe, der man nicht entgeht.
Wund ist der Mund. Die Augen kleben.
Es kommt kein Tag. Die Stunde steht.

Doch als vor *sechs* der erste Schimmer
Des Frühlichts tastete ins Zimmer,
Sank ich in sanfte Tiefen ein
Und wußte, was mir droht auch immer,
Die Hölle kann nicht ewig sein.

Morgenlärm

In meines Morgenschlafes Schoß
Bricht plötzlich große Arbeit los.
Im Bergwerk meiner Sinnen
Hebt an Gehämmer innen:
Spitzhackenhieb, Stemmeisenstoß.

Sie brechen mir aus dem Gestein,
Dem gütigen Bewußtlos-Sein,
Gewaltig schwarze Brocken.
Im Stollen bebt erschrocken
Bereits ein weher Tagesschein.

Zum Fenster wanke ich gebannt.
Es starrt vom Lärm wie ausgebrannt.
Mit Hämmern, Hauen, Pochen
Ein Haus wird abgebrochen,
Das gestern noch nichtsahnend stand.

Ballade von der Krankheit

Nicht jeden packt mit jähem Ruck
Der Tod und läßt ihn achtlos sinken.
Den meisten gibt er Gift zu trinken
Durch Jahr und Tage, Schluck um Schluck.
Die Krankheit schlüpft in Nonnentracht
Ins Zimmer, das du zugemacht.

Sie schlurft auf Filz. Sie nickt dir zu.
Sie öffnet ihre Siebensachen.
Sie eilt, ein Doppelbett zu machen.
Denn du bist sie und sie ist du.
So fest verknüpft, so eng verschnürt
Hat noch kein Paar die Eh' geführt.

Seit jenem Morgen, da sie kam,
Läßt keinen sie an deine Seiten.
Selbst Weib und Kind sehn wie vom Weiten
Entsetzt dich an in deinem Gram.
Und wenn du klagst, die Wunden zeigst,
Dann winkt sie rauh dir ab; du schweigst...

Denn was dir fehlt, weiß sie allein.
Nur sie hört deine Ohrenbeichten:
Die tiefen Schmerzen und die seichten,
Die grabende, die flache Pein,
Davon hat sie Geheimbericht,
Nur sie und sonst kein Wesen nicht.

Und das ist wahr! Wenn du auch weißt,
Daß keine Ärzte mehr dich heilen,
Viel schlimmer ist: Nicht mitzuteilen
Vermagst du, was dich nachts zerreißt.
Sie nimmt dem Schmerz, der in dir leibt,
Das Wort vom Mund, das ihn beschreibt.

Doch eines Tags, wenn du erwachst,
Da hat sie, scheint's, sich fortgeschoren.
Du aber dehnst dich, neugeboren,
Voll rosigem Mut. Du singst, du lachst...
Trau ja nicht diesem Jubelschlag.
Die Krankheit hat nur Ausgangstag.

Kehrt sie dann heim im Dämmergrau
Frostklappernd unter deine Decke,
Bringt sie dein kurzes Glück zur Strecke
Und heischt als strenge Ehefrau,
Daß du, dieweil du niederfährst,
Ausschließend dich an ihr bewährst.

Lehrs uns zu merken, Gott

Solang du wirkst und hast zu tun
Und gehst in ungeflickten Schuhn,
Solang – merk auf, denn es ist wahr –
Wirst du, den Kopf emporgehoben,
Nicht wissen, wie die Welt gewoben.

Doch fällt erst manche Mahlzeit aus,
Umschielt dich bös und öd das Haus,
Und wird – merk auf, weil es so ist –
Dein Körper, rundlich und behäbig,
Stets dürftiger und endlich schäbig,

Dann ist die Erde ausgetauscht.
Ein andrer Tag ins Ohr dir rauscht.
Ein ander Licht – merks, denn es droht –
Fällt in dein Zimmer, kalt und ätzend,
Ein nacktes Licht, dich niedrig schätzend.

Und wer dich aufwog einst mit Gold,
Dem bist du plötzlich ungewollt.
Und alle Augen – merk sie klar –
Die sonst dir lächelten entgegen,
Sie schauen weg und sind verlegen.

Empfange täglich Stoß um Stoß!
Herr Furchtbeseelt, Frau Liebelos,
Die sich – dies merke ohne Haß –
Voll eitlen Trieben zugesellten,
Verzichten jetzt, dir hochzugelten.

Von morgens früh bis Mitternacht
Übst du, wie man sich selbst veracht'.
Und dies ist – merk es ganz genau –
Von allen Wunden, eiternd offen,
Die schlimmste, die dich hat betroffen.

Da mußt du lernen Stehn und Gehn
Als wie ein Kind und neues Sehn,
Damit – lehrs uns zu merken, Gott –
Der Tod auf dem entlarvten Hange
Nicht würd- und seellos dich empfange.

Der Dirigent

Er reicht den Violinen eine Blume
Und ladet sie mit Schmeichelblick zum Tanz.
Verzweifelt bettelt er das Blech um Glanz,
Und streut den Flöten kindlich manche Krume.

Tief beugt das Knie er vor dem Heiligtume
Des Pianissimos, der Klangmonstranz;
Doch zausen Stürme seinen Schwalbenschwanz,
Wenn er das Tutti aufpeitscht, *sich* zum Ruhme.

Mit Fäusten hält er fest den Schlußakkord;
Dann harrt er, hilflos eingepflanzt am Ort,
Dem ausgekommenen Klange nachzuschaun.

Zuletzt, daß er den Beifall, dankend, rüge,
Zeigt er belästigte Erlöserzüge
Und zwingt uns, ihm noch Größres zuzutraun.

Traumstadt eines Emigranten

Ja, ich bin recht, es ist die alte Gasse.
Hier wohn ich dreißig Jahr ohn Unterlaß...
Bin ich hier recht?? Mich treibt ein Irgendwas,
Das mich nicht losläßt, mit der Menschenmasse.

Da, eine Sperre starrt... Eh ich mich fasse,
Packt's meine Arme: »Bitte, Ihren Paß!«
Mein Paß? Wo ist mein Paß!? Von Hohn und Haß
Bin ich umzingelt, wanke und erblasse...

Kann soviel Angst ein Menschenmut ertragen?
Stahlruten pfeifen, die mich werden schlagen,
Ich fühl noch, daß ich in die Kniee brach...

Und während Unsichtbare mich bespeien,
»Ich hab ja nichts getan«, – hör ich mich schreien,
»Als daß ich eure, *meine* Sprache sprach.«

Der größte Deutsche aller Zeiten

(Nach seiner Rede im Berliner Sportpalast September 1938)

Des Teufels Kreuz am Rocke,
Tief in der Stirn die Locke,
Das Chaplin-Bärtchen wie ein Klecks:
Das ist die Dämonie des Drecks.

Dem »Rassensumpf« entquollen
Und früh schon giftgeschwollen,
Bringts dieses trübe Irgendwas
Mit Ach und Krach zur Vierten Klass.

Was bürgerlich mißraten,
Gerät zu Göttertaten.
Ein niedres Nichts voll Niedertracht
Sich selbst vermillionenfacht.

Er eint die deutschen Stämme
Zum Volk der Morchelschwämme.
Zum Himmel stinkt, was er geeint.
Das deutsche Wort verdorrt, versteint.

Die Stimme gellt inbrünstig.
Viel Ohren sind ihr günstig.
Und wenn sie durch den Äther bellt,
Wird sie zum Ohrenwurm der Welt.

Wir trotzen ihrem Zeichen
Als Lebende und Leichen.
Im Innern weiß es dieser Grind,
Daß wir, daß *wir* die Sieger sind.

Die Welt wird Blut erbrechen.
Das Reich bezahlt die Zechen.
Dem Volk bleibt Fluch und Fron zum Lohn
Und eine Hoffnung: Davids Sohn.

Der gute Ort zu Wien

Zeitungsnachricht Juni 1938: In Wien ist den Juden der Besuch aller öffentlichen Anlagen und Gärten untersagt worden. Ihnen bleibt demnach nur die israelitische Abteilung des Zentralfriedhofs zur Erholung.

Volksgarten, Stadt- und Rathauspark,
Ihr Frühling war noch nie so stark.
Den Juden Wiens ist er verboten.
Ihr einziges Grün wächst bei den Toten.

Zur Stunde, da die Stadt erblaßt
Vor sonntäglicher Mittagslast,
Drückt es sich scheu in Straßenbahnen
Hinaus zu halbvergessenen Ahnen.

Der Totenstadt von Simmering
Sind Christ und Jud das gleiche Ding,
Verschieden nur durch Zins und Kosten...
Die Juden wohnen gegen Osten.

Das hohe Tor steht offen halb.
Der Tag ist grell, der Jud ist falb.
Das kommt, so seltsam abgetragen,
Mit Weib und Kind und Kinderwagen.

In Väterzeiten lang verdorrt,
Da hieß der Friedhof: »Guter Ort.«
Nun ist, als Schutz vor feigen Horden,
Zum guten Ort er wieder worden.

Auf seinen Wegen und Alleen
Herrscht großes Kommen, großes Gehn,
Als würden alle, hier begraben,
In diesen Tagen Jahrzeit haben.

Man liest die Namen neu und alt,
Umdrängt der Steine Rundgestalt,
Und zu den streng erstaunten Steinen
Dringt Sorgenschwatz und Kinderweinen.

Senk deine Stimme, Israel,
Es ruft ein höherer Befehl.
Dieweil du wähnst, dich zu erholen,
Bist eigens du hierher befohlen.

Dies Erdenstück, das hier dich trägt,
Geschlechterlang von dir geprägt,
Nur solches Feld, dir zugesprochen,
Hast du bebaut und umgebrochen.

All, was hier schläft, hat treu geglaubt,
Es kommt kein Tag mehr, welcher raubt,
Und hat für Enkel erbgesessen
Sich sündig eines Heims vermessen.

Jetzt aber steigt aus Heck und Strauch
Ein zitternd unsichtbarer Rauch,
Und zwischen Lebenden und Schemen
Schwebt flüsterstummes Abschiednehmen.

Nimm an, nimm auf der Toten Kraft
Als Speisung deiner Wanderschaft,
Damit zu schwer der Weg nicht werde!
Noch gibt es ungeprägte Erde.

Vergißt du immer den Befehl,
Der dich umlastet, Israel!?
Du mußt den Ländern, die dich hassen,
Als Stapfen deine Gräber lassen.

Solang noch einer Erdenflur
Nicht eingerammt ist solche Spur,
Solang wird dein Geschick gewendet,
Du wirst verworfen, wirst gesendet.

Die Menge rast, der Wutschrei braust,
Verwehrend, daß du heimst und haust,
Damit dem hochgeheimen Planen
Du dienen darfst, das wir nicht ahnen.

X. Kunde vom irdischen Leben

[1943]

Ich staune

Ich staune, daß die rote Farbe rot ist,
Ich staune, daß die gelbe gelb erglimmt.
Ich staune, daß, was ringsum lebt, nicht tot ist,
Und daß, was tot ist, nicht ins Leben stimmt.

Ich staune, daß der Tag alltäglich nachtet,
Wenn ihm das Licht verwest zur Dämmerung.
Ich staune, daß frühmorgens überfrachtet
Von Sonnenglück, ein neuer kommt in Schwung.

Ich staune, daß durch alle Lebenssprossen
Das Männ- und Weibliche geschieden bleibt,
Und diese Zwieheit, niemals ausgenossen,
Als Wonne unsre Herzensfluten treibt.

Mein Staunen ist kein Forschen nach dem Sinne.
Mein Staunen ist des Sinnes selbst der Sinn.
Nur durch Erstaunung werd ich meiner inne.
Ich staune, daß ich staune, daß ich bin.

Prolog vom Besuch

Es war in meinem alten Knabenzimmer.
Ich höre noch das Gaslicht, wie es faucht
Und leise vor sich hinseufzt mit Gewimmer.
Mein Kopf, in Titus Livius getaucht,
Schwamm durch den Raum. Die Augen sahn Geflimmer
Und nicht den Text des Pensums, hocherlaucht.
Der Schritt der Standuhr in genauen Lücken
Ging auf und ab, die Hände auf dem Rücken.

Da spürte ich in meiner dumpfen Dauer
Ein Rieseln und ein Grieseln unterm Haar.
Von Kopf zu Füßen sprang ein kurzer Schauer:
Besuch ist da! Sein wurde ich gewahr,
Und zwar sekündlich schärfer und genauer.
Person durchdrang den Raum mir überklar.
Doch wo sie einstand, wie sie eingeschlagen,
Ob in, ob außer mir, kann ich nicht sagen.

Ein Wesen hatte jäh mich überkommen,
Woher, warum und wie blieb unbekannt.
Da war ich plötzlich in Besitz genommen
Und wie in einen Stromkreis eingespannt,
Von dem in mir verborgne Lampen glommen.
Mein Leben fühlt ich um- und umgewandt.
Das Wesen aber, das mich ehrte gastend,
War dunkel, kühl, schwer von Begriff und lastend.

Seit jener Stunde ist es mein Begleiter.
Sein offnes Aug verläßt im Schlaf mich nicht.
Bei Tag und Nacht trag ichs als meinen Reiter.
Es lebt, hört, sieht allein durch mein Gesicht.
Ich bin für ihn, so scheints, nur Wegbereiter
Auf seiner Reise durch das irdische Licht.
Voll Fragen ist es stets, voll Wunsch zu lernen.
Wenn kühl und stumm auch, kommt es doch von Sternen.

Von allem, was ich mit dem Geist ergreife,
Halt ich zurück ein Flüstern für den Gast.
Wie weit ich auch mit meinen Sinnen schweife,
Er nimmt sein Teil von dieser Beutelast.
Es tut ihm wohl, wenn ich ermüdend reife,
Er treibt mich um und duldet keine Rast.
Als Gegengabe für mein treues Raunen
Schenkt er mir eines nur: Sein tiefes Staunen.

Ballade vom Winterfrost

Mràzek hieß der Winterfrost vorzeit
Und der Winterfrost war Aushilfsschneider,
Klein und lungenkrank und todgeweiht,
Und der ärmste aller Hungerleider.

Damals diente ich als Kanonier
In des Kaiser-Königs Großkaserne.
Zur Adventszeit täglich gegen Vier
Hustete sich Mràzek her von ferne.

Rasselnd keuchte er von Stock zu Stock
Durch die Gänge mit den Fenstererkern;
Denn er brachte Blus' und Waffenrock
Frischgebügelt den Herrn Feuerwerkern.

Niemals hörte ich ein Husten mehr
So voll Todeswunsch, voll Seelenklage,
De Profundis oder Miserer'
Im Kasernlärm dunkler Nachmittage.

Wie in dieses Hustens Sack genäht,
Kam er schlingernd wandentlang geschlichen...
Einmal aber, nachts, nach der Retraite,
Sagte wer: »Der Mràzek ist verblichen.«

Und in selbiger Nacht brach aus der Frost,
Dessen selbst die Ältesten nicht dachten.
Ätzend fraß er sich ins Zeug wie Rost,
Daß der Stein barst und die Eisen krachten.

In den Ställen tanzte Pferd bei Pferd,
Sanfte Krampen schlugen ihre Wärter.
Dampfend fiel der Mist als wie vom Herd
In das Stroh. Der Wind jedoch warf Schwerter.

Auf der Reitschul fror uns Nas' und Ohr,
Rotgeschwollen unsre Augen stierten.
Doch zum Ohr uns noch die Hand erfror,
Wenn wir mit Haubitzen exerzierten.

»Abgeprotzt!« »Sporn hoch!« Ich griff ins Rad
Dem Geschütz. Die Speichen waren Messer,
Als mich plötzlich das Gefühl antrat:
Weil er kalt ist, gehts dem Mràzek besser.

Und ich hatte Dienst in nächster Nacht,
»Korporal vom Tag«, wie man es nannte.
In dem Mannschaftszimmer hielt ich Wacht.
Unter Null gings tief. Kein Ofen brannte.

Achtundzwanzig schliefen in dem Raum.
(Strohsack, Kavalett und dünne Decken.)
Achtundzwanzig bäumten sich im Traum
Heimwehkrank. Wir froren zum Verrecken.

Vor mir auf dem Tisch blakt', fast verdorrt,
Eine Funsel über leeren Seiten.
Eine Sparte frug im Frührapport
Nach »Besonderen Vorfallenheiten.«

Dieser Frage forscht' ich sinnend nach,
Die Virginier-Zigarre rauchend,
Während mir der Nord die Finger brach,
Der ans Fenster schlug, die Scheiben bauchend.

Gegen vier Uhr dieser Nacht geschahs,
(Was ich nicht vergaß im Schwall der Zeiten,)
Als ich vor dem Frührapporte saß,
Starrend auf das Wort »Vorfallenheiten«.

Ach, es war kein Schlich, kein Schlurfeschritt,
Nähernd draußen sich durch hohle Gänge,
Nein, des Hustens alter Hexenritt
Wand und krampfte sich durchs Schlaf-Gedränge.

Mràzek! Schreck und ein Erbarmen schlug
In mich ein, daß es mich ewig mahne,
Weil der arme Tote vor sich trug
Sein Gerassel als zerfetzte Fahne,

Weil der gütige Schleierdunst zerriß,
Hinter dem des Todes Wahrheit graute,
Weil ein Wissen wurde fast gewiß,
Das zu glauben ich mich nicht getraute...

Zitternd saß ich, bis der Winterfrost
Und sein Husten hallend sich verloren.
Ungemeldet blieb die Geisterpost...
Nie mehr hab ich bis ins Herz gefroren.

Eine Prager Ballade

(Geträumt im Zuge vom Staate Missouri nach dem Staate Texas)

Herr Wávra, alter Kutscher! Wie Ihre Rösser jagen!
Ein Stoß hat mich geweckt. So rüttelt dieser Wagen.
Es riecht nach Juchten und Pferd. Nichts als der Funkenschlag
Der Hufe in der Nacht. – Wohin sind wir verschlagen?

»Sein's ruhig, junger Herr, ich fahre Sie auf Prag.«

In Ordnung! Prag! Die Straße müßt' ich kennen.
Sind wir in Sterbohol? Daß keine Lichter brennen.
So passen Sie doch auf! Wir zahlen sonst noch Straf',
Wenn im Verdunkelten wir jemand niederrennen...

»Ich fahre prima, junger Herr, in meinem Todesschlaf.«

Herr Wávra, jetzt nach Haus! Die Eltern werden warten.
Sie legen Patience mit abgegriffnen Karten.
Nach Haus? Um Himmelswillen! Das Haus ist mir verwehrt.
Die Nazis lauern längst im Küchengarten...

»Sein's ruhig, junger Herr, da machen wir halt kehrt.«

Herr Wávra! Feindesland! Fern hör ich schon Geheule.
Es dämmert durch den Schlitz. So peitschen Sie die Gäule!
Herrgott, was schwanken Sie auf Ihrem Bock umher?

»Sein's ruhig, junger Herr, via Königsaal und Eule
Fahr ich Sie stantepé übers Atlantische Meer.«

Sechs Setterime zu Ehren des Frühlings von Neunzehnhundertundfünf

Maria Immisch war der Lenz.
Mit Rührung und mit Reverenz
Entreiß der Schattenwelt ich ihren lieben Namen.
Im Jahre Fünf, als ich schon fünfzehn war,
– Man feierte das große Schillerjahr –
Da sah ich sie als Heldin der berühmten Dramen.
Noch heute ist mein Herz voll Dank.

Der Stadtpark war schon dicht belaubt.
Der Flieder rief. Mir ward erlaubt,
Das Klassische Theater zu betreten.
Ich saß auf überfüllter Galerie.
Im Rausch des Bühnen-Zauberbilds stand sie,
Daß Stürme des Gefühls mein frisches Herz durchwehten,
Gleich Schillers jambischem Gesang.

Ihr Haar war schwarz. Ihr Aug war blau.
Sie spielte Mädchen, Kind und Frau,
In Peplon, Reifrock, Stuartkragen, Schaube.
Sie sprach den Text in dunklem Contra-Alt.
Sie schritt und litt und starb mit schwebendster Gestalt.
Sie war das Weib! Sie war mein heiliger Liebesglaube,
Der unverwundbar mich durchdrang.

Der Lenz Maria Immisch hieß,
Der mir den Weg zur Ferne wies.
Sie war der Lenz. *Ich* aber stand in Blüte.
Ich schwieg mich tot. Das Leben war zu groß.

Mein Fall lag in der Schule hoffnungslos,
Weil ich den lieben langen Tag ihr Bild bemühte,
Schmerzhaft gesund und doch so selig krank.

Nachts floh ich einmal aus dem Haus
Und stand mit manchettiertem Blumenstrauß,
Bar aller Kühnheit, vor der Bühnenpforte.
Sie kam mit einem pelzverbrämten Herrn,
Sie war der Star der Stadt, sie war ein Stern.
Ich räumte mich mit meinem Strauß sehr still vom Orte,
Erlöst beinah, daß es mißlang.

Die Nacht im Park war mondenbleich.
Ich warf die Blumen in den Teich.
Dort schwammen sie. Doch tat ich nichts zum Zeichen.
Mein Herz blieb frei von Grimm und gierigem Harm.
Zum ersten Male ahnt ich tränenwarm,
Daß wir nur *das* erreichen, was wir *nie* erreichen.
Maria Immisch, Frühling Fünf, hab Dank!

Der Kranke

Der Kranke sieht im Garten draußen flammen
Der Christussterne purpurroten Brand.
Sie blühen, fühlt er, schön am Strauch beisammen;
Doch er ist mit sich selbst nicht mehr verwandt.

Er prüft den Atem scheu bei Nacht und Tage,
Ins innre Kreisen seines Seins versenkt.
Hat er geatmet einmal *ohne* Frage?
Wie seltsam, daß er jetzt das Atmen *denkt*!

Die Menschen sind so lieb und ungelegen,
Sie bringen Neigung dar, die schweben bleibt.
Der Kranke schämt sich des Akzentes wegen,
Der alle Hoffnungsreden übertreibt.

Die Morgenzeitung ruht auf seiner Decke
Mit einer riesigen Balkenschrift, die gellt.
Der Kranke liest sie aus dem Augenecke,
Wobei sie dem Gedächtnis schon entfällt.

Was, Bomben, Hekatomben, Untergänge
Von Völkern und von Städten, früh und spät?
Ist das die Welt? – Das Ich ist ein Gedränge
Von längst geborstener Identität.

Das Ich gleicht einem jener Bienenschwärme,
Zur Übersiedlung hängend flugbereit...
Es ist nur *eines* Wunsches voll: Nach Wärme,
Und unaufmerksam wie die Ewigkeit.

Der Widder
(Deutung eines jüdischen Antlitzes)

Du hast geerbt des großen Widders Züge,
Der schwarzumwollt mit Jakobs Herden zog.
Selbst in der Wüste fandest du Genüge
Am Distelgras, das sich im Winde bog.

Hat dich, du gutes Tier, der Hirt gerufen,
Kamst du gehüpft, hoch pochte dir das Herz.
Oft tanztest du und scharrtest mit den Hufen.
Und davon stammt noch heut dein Hang zum Scherz.

Doch stieg der Krieger mit gestählter Würde
Zu Roß, die Lanze eingelegt zum Stoß,
Dann drängtest du dich furchtsam in der Hürde
Und bähtest matt und hoffnungslos.

Körpergefühl

Ich ruhe, rücklings ausgestreckt,
Und starre in das Wolkenwehen.
Mein Puls pocht, sonderbar geweckt.
Durch alle Adern dröhnt Geschehen.

Und plötzlich weiß ich, was ich bin.
Ich bin ein All von Weltsystemen,
Ein Sternenraum ... Doch ach, mein Sinn
Kann auf dies All nicht Einfluß nehmen.

Wie unverbunden ist mein Geist
Dem Innenraum voll Sternenrunden;
Was stirbt und wird, zerschellt und kreist
In mir, dem bin ich unverbunden.

Ist nicht das große All mir gleich
Ein Raum der unabhängigen Welten,
Ein sinnend-willenloses Reich,
Dem Gott erlaubt, als Ich zu gelten?

Mensch und All

Ich aß und trank in jeder Speise
Die Sonne selbst, die ihren Strahl
Umwandelt auf geheime Weise
Zu Wein und Brot beim Erdenmahl.

In meiner Brust die Atemwelle
Lief durch den ganzen Lebensstrom.
In meines Leibes letzter Zelle
Fehlt von Gestirnen kein Atom.

Wie müßt ich sein, der Alldurchkreiste,
Der Schöpfung heimatlich vertraut...
Du aber schufst mich, Gott, im Geiste
So fremd, so urfremd, daß mir graut.

Höhe des Lebens

(Ein Genesender spricht)

Wenn ich, der ich Fünfzig bin, schlafe jetzt ein
Im Bette, behaglich und ohne Beschwerden,
Dann trink ich mein Leben wie göttlichen Wein.
Ich schlürfe die Zeit, meine Zeit noch auf Erden.

Die Bilder verschwimmen. Doch Blume und Duft
Des Weines, sie prickeln in feurigen Tropfen.
Ich atme den Mosel der Zeit und nicht Luft,
Bewußt noch im Schlaf lauscht mein Herz seinem Klopfen.

Fünf Sinngedichte

[I] Sinngedicht vom Mangel

Gott schuf die Welt aus dem Nichts!
Drum frage nicht länger: Woran gebrichts,
Daß alles Leben so eilig verdunstet,
Daß die Tat unsres Tages am Abend umsunstet,
Daß jede Stunde voll Stacheln der Schuld ist,
Daß die Wollust selbst noch voll Ungeduld ist?...
Gott schuf uns aus Nichts! Da bleibt keine Wahl.
Der Mangel liegt ewig im Material.

[2] Der Welt große Balance

Wenn mich der trockne heiße Durst nicht brennte,
So könnte nie ein eisiger Trank mich kühlen.
Wenn ich nicht durch den Wald der Krankheit rennte,
Genesung könnt ich nie als Durchbruch fühlen.
So auch der Tod! Die grausamste Minute,
Vor der mit Recht die Seelen schmählich beben,
Wer weiß, ob nicht ein hundertfaches Leben
Als Gegen-Lust ihr kommen *muß* zugute?!

[3] Du sollst Gott lieben

Frage: Gott will unsre Liebe, so lautet die Lehre.
Doch was kann dem Schöpfer der Himmelsgestirne
Die Lieb einer Laus, eines Wolfs, einer Dirne
Und des ganzen Gewimmels bringen für Ehre?

Antwort: Das ist wahr! Er könnte getrost verzichten
Und jauchzend in den Grund seines Daseins tauchen.
Er braucht unsre brenzlichte Liebe mitnichten.
Er will sie nur haben, weil *wir* sie brauchen.

[4] Die Vision der Vision

Ich sah die riesigen Ruinen
Der Vorzeit hocken unerhört.
Was einst verschont die Kriegsmaschinen,
Das hat die Erde selbst zerstört.

Der Abbau ist im Widerstreite
Des Aufbaus tiefre Eigenschaft.
Damit die Zeit nichts überzeite,
Wirkt innerste Planetenkraft.

Was wolkenkratzend aufgebäumt ist,
Chicago oder Babylon,
Zerfließt, da ja der Mensch geträumt ist,
Als Vision der Vision.

[5] Das Eigentum

Mit jedem Tag in meinem Alter
Erkenntnis bänger zu mir spricht:
Ich bin nur meines Ichs Verwalter,

Sein Eigentümer bin ich nicht.
Wird man den Status einst entdecken,
Wo flieh ich hin, in welches Land,
Um meine Krida zu verstecken,
Ich gottbankrotter Spekulant?!

Sie ehren nicht Kronos, den Gott der Zeit

Jüngst unter der Traum-Gäste Wiederkehrern
Begrüßte ich einen von meinen Lehrern.
Geteilter Weißbart mit Bürstenstrich;
Wir hatten ihn zweimal wöchentlich.
Schon viel zu gebrechlich, um uns zu ketten,
Seinen Vortrag konnt er nur mühsam fretten.
Bleiern mummelt vom Mund ihm die Kunde.
Wir grölten und tollten in seiner Stunde,
Wenn auch schwer sein Aug auf uns Buben lag,

Von elf bis zwölf, Montag und Donnerstag.

Meist pflegte er greisenmatt einzuschlafen.
Doch einmal erhob er sich, um uns zu strafen.
Seine Stimme trotzte der Heiserkeit:
»Sie ehren nicht Kronos, den Gott der Zeit!
Sie werden mir täglich und stündlich fauler.
Was sind Ihnen Gindely, Hoefer und Hauler?
Doch das Schuljahr wird plötzlich im Sturmlaufe um sein,
Und am Tag des Gerichtes werden Sie stumm sein!«
Und er stöhnte: – Unser Lachen war Hagelschlag –

»Denn heut ist Montag und morgen ist Donnerstag!«

Was der Alte wollte zu Worte bringen,
Daß die späteren Tage einand' überspringen,
Dieses Grauen, heut fühl *ich* es in mir pochen.
Es gleiten die Monde, es stürzen die Wochen.

Grad wars noch Heut. Doch dies Heut ist schon weit.
Jetzt *knie* ich vor Kronos, dem Gotte der Zeit.
Doch das Schuljahr wird trotzdem im Sturmlaufe um sein,
Und am Tag des Gerichtes werde ich stumm sein,
Wenns erdröhnt unter knöchernem blechernem Schlag:

»Gestern war Montag. – Heute ist Donnerstag!«

Gestammel in elfter Stunde

Ich muß die Brust mir schlagen,
Mich wider mich anklagen!
Oh Gott, hör, was ich lalle:
– Ich fiel in jede Falle,
Ich konnte mich vom Bösen
Nicht einen Tag lang lösen.
Ich heuchelte Erbarmen
Und übersah die Armen.
Ich zeigte Glut und Wärme,
Doch war das nur Geschwärme.
Mein Klima war der Winter,
Frost, Stroh und nichts dahinter.
Versprochen hieß gebrochen,
Im Ich lag ich verkrochen
Wie unter Federbetten.
Gleich allen Erz-Koketten
Mißbraucht' ich noch die Reue,
Daß ich mich meiner freue.
So reim ich hier und leire,
Damit ich selbst mich feire,
Um wichtig mich zu machen
Vor Dir als Feig' und Schwachen.
Anschmeißen und Anbiedern,
Das ja, doch was erwidern,
Wenn Du zum Ernst Dich wendest,
Und einen Blick hersendest?
Was werd ich dann noch haben
Von allen guten Gaben,

Die ich bis auf die letzte
Beim Teufel längst versetzte?
Vielleicht blieb von dem Gute
Nur *die* und *die* Minute,
Wo ich mich Dir im Weinen
Ekstatisch durfte einen!
Wo ich, ein All der Wonnen,
Verdienstlos, war durchronnen
Vom Hymnus: »Heilig – Heilig.«
Da war ich dein! – Dieweil ich
Noch wähnte, daß ich glaube,
Lag längst ich schon im Staube.
Ich habe im Besitze
Nur diese kurzen Blitze.
Sie sind die letzten Gulden,
Die meine Laster nicht stahlen.
So kann ich Dir nur zahlen
Die Schuld mit meinen Schulden.

Göttlicher Sinn der Krankheit

Der Seele, die im Fleisch sich stets befleckte,
Gibt Gott die Chance, zu säubern ihre Schwingen,
Damit der Himmelsflug ihr kann gelingen,
Wenn sie der Tod durch seinen Kuß erweckte.

Die Krankheit, die so lang im Leibe steckte,
Ist Gottes Chance. Sie will zuletzt uns zwingen
Die feineren Substanzen rein zu wringen
Vom Sündig-Feuchten, das uns niederstreckte.

Wenn du verschmachtest auch, du sollst verzichten
Auf Lust und Wollust. Nie mehr darfst du prassen,
Dich gierig beugend zu den Leibgerichten.

Den Rauch der Zigarette sollst du hassen
Und flockig dich wie ein Gewölk entdichten,
Um endlich, endlich Sonne durchzulassen.

Totentanz

Der Tod hat mich im Tanz geschwenkt.
Ich fiel zuerst nicht aus dem Trott
Im Totentanz und steppte flott,
Bis er das Tempo wilder lenkt.

Wie rasch war ich da ausgerenkt
Zum Hampelmann, zum Vogelspott,
Und war nichts als der Schrei zu Gott,
Der nicht mehr hofft, daß Gott gedenkt.

Da hob der Tod und hielt mich hochgedreht
Zum Himmel auf, daß Gott sich seiner freute,
Weil er nicht nimmt, was Gott nicht zugesteht.

Doch plötzlich ließ er fallen seine Beute,
Denn in des Ersten Schweigens Alphabet
Sprach *Er* zu ihm zwei Worte nur: Nicht Heute!

Eine Stunde nach dem Totentanz

Ich lag im Abgrund, wo umschlingend umschlungen
Sich peristaltisch das niedrigste Leben schob.
Wo schlüpfrig und glitschig Gewürm und Geaal sich verwob,
War ich selbst nur ein Wurm, von der Erschöpfung
bezwungen.

Eine Weltzeit wohl währte das, eh mirs gelungen,
Daß meiner Sinne sich einer sehr langsam erhob,
Der Sinn des Gehörs. Er lauschte späherhaft, ob
Der Tänzer, der Tod, sich endlich ins Weite geschwungen.

Atemlos horch ich. Da, ein chromatischer Schimmer
Fahl aus des Nachbarn geöffnetem Fenster fließt.
Vielleicht sitzt der Tod am Klavier als prüfender Stimmer.

Und während mein Leben sich regsamer bläht und
genießt,
Fühl ich ihn lehnen im hörigen Nebenzimmer,
Wo er unsichtbar raschelnd das Abendblatt liest.

Der allerletzte Augenblick

Im Krankenzimmer, wenns zu Ende geht,
Links in dem Eck ein schmaler Engel steht.
Er ist gesandt, will Angst die Seele quälen,
Zu helfen ihr, sich leichter loszuschälen.

Sein Auge strahlt und seine Stimme weht
Ins Ohr des Sterbenden, der sie versteht.
»Von allen Wesen«, spricht er, »die wir zählen,
Starb keins, das nicht gewollt. Auch du darfst wählen.«

Der Kranke langsam seine Lippen schleckt,
Zu prüfen, wie das Leben wirklich schmeckt.
Es schmeckt so angebrannt, so pickig-schal,
Unmöglich, es zu schlucken noch einmal.
Ja oder Nein? Der Engel fragend blickt.
Dann lächelt er. Der Kranke hat genickt.

Begegnung mit einer Toten

Du Unbekannte, Hohe, die entrückt
In ihren Schuhen schreitet saalentlang,
Ein sanftes Vorwärtsschweben ist dein Gang,
Ein Insichselbstruhn, das kein Wort ausdrückt!

Doch wie dein Blick mich achtlos leicht durchzückt,
Steht eine Andre wie durch Zauberzwang
In deinen Schuhn, sie, die mich einst umschlang
Und mich das erstemal zum Mann beglückt.

Verschollene, von der kaum mehr Gebeine
In Englands Erde liegen ausgestreut
Und deren Name fast in mir versank...

Die Unbekannte lächelt, fern-erfreut,
Mein Aug liebkost sie, die ich gar nicht meine,
Und stammelt zärtlich einer Toten Dank.

Der Reim

Der Reim ist heilig. Denn durch ihn erfahren
Wir tiefe Zwieheit, die sich will entsprechen.
Sind wir nicht selbst mit Aug'-, Ohr-, Lippenpaaren
Gepaarte Reime ohne Klang-Gebrechen?

Das Reimwort meinst du mühsam zu bestechen,
Doch wird es unversehens offenbaren,
Wie Liebeskräfte, die zerspalten waren,
Zum Kuß des Gleichklangs durch die Fernen brechen.

Allein nicht jede Sprache hat geheiligt
Den reinen Reim. Wo nur sich deckt die Endung,
Droht leeres Spiel. Der Geist bleibt unbeteiligt.

Dieselben Silben lassen leicht sich leimen.
Doch Stämm' und Wurzeln spotten solcher Blendung.
Im Deutschen müssen sich die Sachen reimen.

Auf den alten Stationen

Auf den kleinen alten Stationen,
Die mein eigner Zug schon längst verlassen,
Ahn ich das Gedränge von Personen,
Die am Bahntrakt auf die Abfahrt passen.

Und ich möchte fast mich überheben
Über sie, die warten am Geleise,
Daß ich schon so weit auf meiner Reise
Vorgedrungen bin im Rüttel-Leben,

Daß ich kenne Brücken und Tunnelle,
Meer- und See- und Fels- und Stadtkulissen,
Daß mir gellen Aug und Ohr von Wissen,
Jenen unbekannt an ihrer Stelle,

Daß sie werden noch im Zeit-Zug sitzen,
Stumpf am Fenster schauend Funkenspiele
Und der tragischen Signale Blitzen,
Wenn ich ausgestiegen längst am Ziele.

Ergänzende Auswahl des Herausgebers

Der Kinderanzug

Mein alter Matrosenanzug! In dem ich noch farbige
Spielkugeln fand.
Wie erinnert sich in deinen kindlichen Taschen meine Hand!

Bröseln von Frühstücksbroten, ein kleiner Hufeisenmagnet,
Ein Notizbuch, in dem »Verzeichnis von Lehrern und
Mitschülern« steht.

Ich weiß: Im Vorderhof stand eine Pumpe ganz in Stroh,
Da waren wir in der Zehnuhrpause froh.

Kruzifix, Kaiserbild, Tafel, Schwamm, Kreide und Stab,
Und die liebe grüne Bank, in die ich ein Loch geschnitten hab'.

Nachmittag um vier Uhr, wie liefen wir aus dem freundlichen
Haus
Mit dem Fußball in die braunen zertretenen Wiesen hinaus.

Und es war stark und roh und reißend und toll,
Niemals mehr atmete ich so lange und voll.

Eins fällt mir ein: oft schaut' ich gebückt durch die Beine wie
durch ein Tor,
Und Sonne, Erde und Himmel kamen mir anders und fremder
vor. –

Kindersonntagsausflug

Vom Quai steigt eine Treppe zu Dampfschiff und Booten.
Oh, Kindersonntagsausflug! Wie abenteuerlich kam mir das
vor.
Strahlender Fluß, Frühlingshimmel, Regattakähne,
Eisenbahnbrücke, Gerüste und Piloten,
Blauer Rauch in der Luft. O dünnes Gewebe, o schwacher
Flor!

Ein enges Brett – schaukelnder Boden – ich dachte an meine
Seegeschichten.
Worte wie Backbord, zwei Glas, Wanten, Lee, Marssegel fielen
mir ein.
An einen kleinen Schiffsjungen dachte ich, an Matrosengesang
und Ankerlichten,
An gieblige Hafenhäuser und Schenken, in denen betrunkene
Holländer und Malayen schrein.

Auf schmalem Platz saß ich in meine ganz exotischen
Phantasien eingefangen.
Meine Mutter löste beim Kassier eine Kinderkarte für mich.
Ich sehe noch, wie einige Nickelstücke wieder in ihr silbernes
Täschchen sprangen,
Dann riß ein Mann an der Glocke – die Maschinen unter uns
stampften und rührten sich.

Was ich alles auf dem rotweißen Dampfer erlebte:
Wasserhosen, Zyklone,
Am Äquator riß uns Champagner, Heimweh und Stern-Nacht
zu lautem Wahnsinn fort,
Am südlichen Wendekreis aber warf man ohne
Gebete und Tränen einen steinbeschwerten Leichnam über
Bord. –

Oft sahn wir Land, Vulkane, weiß zugetürmte.
Insulaner schossen um unser Schiff und krächzten zu uns
empor.
Und wenn das Meer glatt war, keine Wolke, kein Windvogel
stürmte,
Warf man Geldstücke in die Tiefe, und Kinder tauchten danach
und holten sie hervor.

Und als die Räder langsamer schlugen und wir zum
Landungsplatz glitten,
Da erkannte kaum den einfachen Hügel mein Blick.
Ich ging ans Ufer mit kleinen, ganz unsicheren Schritten,
Und hörte wie im Traume vom Restaurationsgarten her die
donnernde Militärmusik.

An den Guten Kameraden

Guter Kamerad, den ich unter alten illustrierten Büchern
aufgespürt,
Dein herrlicher Titel hat mich heute so gerührt!

Guter Kamerad! – Ich schlug Dich auf – was ich da alles sah:
Bilder, wie Schlacht bei Waterloo; dann wieder nützliche
Ratschläge: »Wie baue ich mir eine Kamera?«

Geschichten: Die Buren, Ferienreise, Onkel Fritz, Kaiser
Julian,
Und vor allem von Franz Treller der trefflichste Seeroman.

Kleiner Schiffsjunge! Erich (hieß er nicht so?)
mutig, gescheit, treu und sonnengebräunt.
Edler Lebensretter, tapferer Knabe, Kamerad
und erster Freund!

Wir beide, wir wußten damals, in jener guten Zeit,
In Schiffstakelung, Windnamen und Matrosenliedern wohl
Bescheid.

Auch ich sprach plattdeutsch, als ich noch am kleinen
Flußhafen stand,
Einen Dreimaster erträumend in diesem engen, braunen
Wasserband.

Und erst die Stelle! – Ich weiß noch die Seite –
o Tränen, die ich hier niemals überwand,

Wo Erich auf Lombok im dichtesten Feindesgewühl den alten
gemütlichen Sachsen wiederfand.

Und all die Nachtwachen, Schatzinseln, Überfälle,
Elternbriefe, Blatt für Blatt!
Kaiser Wilhelms Geburtstag und das süße Heimweh nach der
kleinen, fernen Gartenstadt!

Guter Kamerad! Ich war Dir dankbar für all die Gaben, die ich
von Dir empfing,
Und Du wußtest es auch, denn mir war's, als ob eine leichte
Brise von Kindheit und Seeluft durch die bewegten Blätter
ging.

Ich bin ein erwachsener Mensch

Ich hab' so ein Verlangen
Nach Mitleid und nach Zärtlichtun.
Ich möchte nun
Im Bette liegen stundenlang,
So kindergut, so fieberkrank
Und liebe Hände langen.
        Ich hab' so ein Verlangen.

Kein Mensch will mich bewachen,
Und niemand hätschelt mich und summt.
Ach, alle Freundlichkeit verstummt,
Und keine kleine Lampe brennt,
Und niemand, der mich Bubi nennt,
Kein Spielzeug und kein Lachen.

Wer streichelt meine Wangen?
        Ich hab' so ein Verlangen.

Die Schöne und das peinliche Wort

Du gabst mir ein böses, böses Wort.
Nicht bösen Herzens – doch mich traf das böse Wort.

Ich war ganz verlegen, rot und stumm,
Und die andern stießen sich und lachten um uns herum.

Die andern haben alle gelacht,
Aber mein Herz hat es schon ziemlich weit gebracht.

Da erkanntest du mein leidend-feuriges Herz und es tat dir leid.
Du wurdest rot – und ich schämte mich deiner Verlegenheit.

Und habe aus deinem bösen Wort ein lustiges Wort gemacht,
Gleich hat alles über meine feine Wendung gelacht.

Erstaunt und dankbar hat dein Blick in meinem geruht.
Ich war ein wenig stolz und gar nicht mehr unscheinbar,
Du aber wolltest mir Freude machen, warst lieb und
wunderbar,
Und Du, Du, – (Herz, schüchternes Herz) – Du warst mir eine
Stunde lang gut.

Armer Student, süße vornehme Frauen anbetend

Wenn ihr vorüberzieht
Leicht und erhaben,
Senkt sich das Augenlid
Schüchternem Knaben.

Wenn ihr zu Wagen steigt
Freundlich gelassen,
Wenn ihr im Gruß euch neigt,
Kann ich's nicht fassen.

Haus und Konditorei
Warten bescheiden.
Park läßt euch nicht vorbei,
Ohne zu leiden.

Kaufhaus, wie ihr gebeut,
Dient euch in Scharen,
Loge ist hocherfreut,
Euch zu bewahren.

Alle sind mehr als ich,
Sofa und Steine,
Ach, so verbleibt für mich
Sehnsucht alleine.

Abendlich angeschwellt,
Will ich enteilen.
In naher Villenwelt
Hügelwärts weilen.

Stampfend und schüttelnd g'nug
Reizenden Wegen
Trägt mich der Vorortzug
Tönend entgegen.

Rühmlichsten Pavillon
Will ich ersteigen.
Nacht, sie empfängt mich schon,
Wirtlich zu schweigen.

Will ohne Liebesdank
Talhin mich spülen.
Will nichts, als stundenlang
Fühlen und fühlen.

Die Instanz

Ich fühle stets in mir ein hohes Wissen,
Das richtend über alle Handlung schwebt,
Das unbewegt sich ewig überhebt,
Und nicht Verstand ist, Seele, noch Gewissen.

Aus meinem Menschlichen emporgerissen,
Das dumpfzweieinig aneinanderklebt,
Schlichtet und ordnet es, was ich erlebt;
Fühllos, doch klug und reinlichkeitsbeflissen.

Dennoch ist dieses Wissen mir kein Schild
Vor sünd'gem Tun und sündigen Geschicken.
Nein, es betrachtet nur mein Lebensbild

Zuschauerhaft mit gönnerischem Nicken,
Doch nicht begreifend, daß mein Leben schwillt
Und es verschlingt in vollen Augenblicken.

An mein Pathos

Besser so: als daß mein Leid sich verkröche,
Und das Reptil meines Hasses zutiefst mir im Innern
Jedes Gefühl hinraffte. Ja, so ist es besser,
Daß vor dem Spiegel ich Worte und Gesten türme.

Schwäche und Feigheit, die alles verschluckt und hinnimmt,
Kleinmütige Derbheit, die allem breitspurig entgegnet.
Darum lobe ich selbstgefällige Würde,
Meine erhabene, abendsgeübte Rhetorik.

Nach Perioden aufrichtigster Leidenschaften
Schlichtet mich diese äußerlich große Stunde.
Und mich feit vor Selbstmord und üblen Gedanken
Faltenwurf und Kothurn und tragisches Sprechen!

Und doch

– –

Und doch! Sonne und Wälder toben vorbei,
Eis steht im Teich. Windmühlen wunderbar
Tanzen am Himmel, und eine Vogelschar
Hängt im Unendlichen frei.

– –

Kleine Ballade an die Schwester

Liebe Schwester, liefen wir durch große Wiesen?
Ist es wahr, daß wir den Löwenzahn
Selbstversonnen in die Sonne bliesen?
Lachten wir uns unter Reisig an?
Knirscht im Park noch immerdar der Kies?
War einmal ein Leierkastenmann, der Pan Radecky hieß?
Wuchsen einst vor unsern ganz zerschlafenen Blicken
Leise Gletscherberge auf wie weiße, weite Blechmusiken?

Saßen wir an sonnentollen Tischen
Mit dem Lachen großer Gliederfraun?
Kruzifixe schreckten uns in Lampennischen,
Tief aus unserm Traum trat der Fluß Traun.
Standen wir, zwei Seelchen, an den Seen?
Sahen Liebe ahnend wir den Rauch der kleinen Dampfer wehn?
Lebten wir ins Klingeln einer Heimfahrt urverloren?
Aßen wir am Abend unter Hirschgeweih bei den Drei
Mohren?

Ach, warum, wenn Bäume mich mit Schmerzenslaub
berühren,
Eine Fichte mich durchraucht mit lang verwirktem Dunst,
Müssen böse Hände meine Kehle schnüren,
Geister häufen falschen Schrei und Worte zwischen uns?
Und ich weiß nicht, wer ich war und wer ich bin!
Meine Seele spannt sich wie Geschwür und fiebert hin.
Und die Schläfe, wie jetzt meine Hände drüberstrichen,
Ach, sie brannte, Schwester, so von unsern toten
Sommerbienenstichen.

Anhang

Verzeichnis der Gedichtüberschriften

Abendgesang 127
Als mich dein Wandeln an den Tod verzückte 31
An den Guten Kameraden 192
An den Leser 17
An mein Pathos 199
Anblick und Losreißung im Konzertsaal 122
Anrufung 57
Armer Student, süße vornehme Frauen anbetend 196
Auf den alten Stationen 185

Ballade vom Winterfrost 161
Ballade von den Begleitern 81
Ballade von der Krankheit 146
Begegnung mit einer Toten 183
Blick-Begegnung 35
Blick der Kreatur 120
Blicke 76

Das andere Dasein 38
Das Bleibende 119
Das Eigentum (Fünf Sinngedichte 5) 173
Das Gedicht 84
Das interurbane Gespräch 43
Das Lied der Ahnen 86
Der allerletzte Augenblick 182
Der dicke Mann im Spiegel 18
Der Dirigent 150

Der erste Verwundetentransport 1914 70
Der Getreue 22
Der göttliche Portier 44
Der größte Deutsche aller Zeiten 152
Der gute Mensch 54
Der gute Ort zu Wien 154
Der Hund 80
Der Kalender des Schlafes 130
Der Kinderanzug 189
Der Kranke 167
Der Mensch ist stumm 123
Der Reim 184
Der Schmerz 109
Der Schneefall 108
Der schöne strahlende Mensch 25
Der Sonntagabend 40
Der tote Jugendgefährte 102
Der uralte Ahn 100
Der Volksplatz von Santa Margarita (Venezianische Melancholien 1) 88
Der Welt große Balance (Fünf Sinngedichte 2) 172
Der Weltfreund versteht nicht zu altern 141
Der Widder 168
Deutung eines jüdischen Antlitzes
siehe Der Widder
Die Fremdheit 121
Die Instanz 198
Die Leidenschaftlichen 71
Die Maus oder Notturno eines Demiurgen 78
Die Schöne und das peinliche Wort 195
Die Uhr des Schlaflosen 143
Die Unverlassene 32
Die verklärte Magd 101
Die Vision der Vision (Fünf Sinngedichte 4) 173
Die Wohltat der Gifte 131
Die Wortemacher des Krieges 69

Dort und Hier 125
Du sollst Gott lieben (Fünf Sinngedichte 3) 173

Echnatons Sonnengesang 138
Ein Genesender spricht *siehe* Höhe des Lebens
Ein Lebenslied 45
Eine alte Frau geht 36
Eine Prager Ballade 164
Eine Stunde nach dem Totentanz 181
Elternlied 115
Erster Schultag 111
Ewig Abschied 42
Exodus 34/29 85
Ezechiels Gesicht von der Auferstehung 105

Fondamenta Labia (Venezianische Melancholien 2) 90
Fragment von den älteren Toten 97
Fremde sind wir auf der Erde alle 60
Fünf Sinngedichte
1 Sinngedicht vom Mangel 172
2 Der Welt große Balance 172
3 Du sollst Gott lieben 173
4 Die Vision der Vision 173
5 Das Eigentum 173

Gassengang (Venezianische Melancholien 3) 92
Gebet um Sammlung 129
Gesang von den großen Toten 99
Gestammel in elfter Stunde 177
Göttlicher Sinn der Krankheit 179

Herbstlied 77
Höhe des Lebens 171
Hohe Gemeinschaft 53

Ich bin ein erwachsener Mensch 194
Ich bin ja noch ein Kind 46

Ich habe eine gute Tat getan 27
Ich, nur ich bin wie Glas... 15
Ich staune 157
Ihr Alle Alle, die ich bin... 29
Im Haus der Kindheit 113

Jesus und der Äser-Weg 64

Kindersonntagsausflug 190
Kleine Ballade an die Schwester 201
Kleines Requiem 93
Körpergefühl 169

Lächeln Atmen Schreiten 51
Legende von der Sprache 136
Lehrs uns zu merken, Gott 148
Leib im Spiegel 116
Litanei von den Zimmern der Verstorbenen 95
Lob des Lobes 132

Madonna mit den Krähen 117
Mann und Selbstmörderin 103
Mensch und All 170
Mondlied eines Mädchens 61
Morgengesang eines Lumpen 20
Morgenhymnus 128
Morgenlärm 145
Mysterium der Auserwählung Israels 134

Nächtliche Heimkehr 63
Nächtliche Kahnfahrt und Erinnerung 23

Prolog vom Besuch 159

Sechs Setterime zu Ehren des Frühlings von Neunzehnhundertundfünf 165

Sie ehren nicht Kronos, den Gott der Zeit 175
Sinngedicht vom Mangel (Fünf Sinngedichte 1) 172
So reich bist du wie du tränenreich bist... 67
Sonntag 83

Tempora mea in manibus tuis 133
Totentanz 180
Traumstadt eines Emigranten 151

Und doch 200

Vater und Sohn 33
Veni Creator Spiritus 58
Venezianische Melancholien
1 Der Volksplatz von Santa Margarita 88
2 Fondamenta Labia 90
3 Gassengang 92
Verzweiflung 39

Wanderlied 26
Warum, mein Gott 55
Was tat deine Seele heute zur Nacht im Halbschlaf der elften Stunde?... 73
Weib am Tod 75
Welche Lust auf Erden denn ist süßer 41
Wo kommt meine Liebe her? 49

Verzeichnis der Gedichtanfänge

Ach Gott, ich bin das nicht, der aus dem Spiegel stiert... 18
Alles kam. Die Wohnung dehnte sich aus den Fugen... 43
Als der Jugend letztes Sonnenblinken... 88
Als Junge hab ichs so gehalten... 141
Als mich dein Dasein tränenwärts entrückte... 31
Als vom Sinai stieg der heilige Lehrer... 85
Als wir noch großen Umgang hatten... 97
Auf den kleinen alten Stationen... 185

Besser so: als daß mein Leid sich verkröche... 199

Da ich an dir vorüberlief als Knabe... 44
Daß einmal mein dies Leben war... 45
Dein Leib ist unsre Gabe... 86
Der Kranke sieht im Garten draußen flammen... 167
Der Reim ist heilig. Denn durch ihn erfahren... 184
Der Säugling schläft die Nächte durch und Tage... 130
Der Seele, die im Fleisch sich stets befleckte... 179
Der Tod hat mich im Tanz geschwenkt... 180
Des Teufels Kreuz am Rocke... 152
Die ausgestoßenen Toten... 95
Die Freunde, die mit mir sich unterhalten... 25
Die große Zeit! Des Geistes Haus zerschossen... 69
Du gabst mir ein böses, böses Wort... 195
Du gingst durch einen engen Gang... 100
Du hast geerbt des großen Widders Züge... 168
Du streicheltest den großen guten Hund... 120

Du Unbekannte, Hohe, die entrückt... 183
Du warst im Unerschaffnen vorbereitet... 134

Ein Blick!... 35
Ein dicker Spatz im Nordwind saß auf meinem Fensterbaum... 38
Ein Herbergszimmer voll November-Nacht... 78
Ein Wirbelwind des Herrn (es war ein Mohr... 105
Eine alte Frau geht wie ein runder Turm... 36
Er ging an einem Haus entlang... 121
Er reicht den Violinen eine Blume... 150
Es ist November in der Welt... 117
Es kommt die eine neue Nacht... 32
Es sinkt der Tag, es sinkt das Jahr, es sinkt der Mann... 77
Es war in meinem alten Knabenzimmer... 159

Glaubst du, deine Schritte sind vergangen... 26
Gott schuf die Welt aus dem Nichts!... 172
Gott will unsre Liebe, so lautet die Lehre... 173
Guter Kamerad, den ich unter alten illustrierten Büchern aufgespürt... 192

Herr Wàvra, alter Kutscher! Wie Ihre Rösser jagen!... 164
Herz, frohlocke!... 27
Hier liegst du! Dein Blut auf der Wange... 103
Horch, der böse Hund bellt!... 80

Ich aß und trank in jeder Speise... 170
Ich bin nicht tot. Durch Spalt und Ritze... 128
Ich bin zerstreut. Mein Vater, sammle mich!... 129
Ich fühle stets in mir ein hohes Wissen... 198
Ich gehe, umstöbert, durch Schnee durch den Schnee... 81
Ich hab' so ein Verlangen... 194
Ich habe dir den Abschiedskuß gegeben... 123
Ich lag im Abgrund, wo umschlingend umschlungen... 181
Ich liege in gläsernem Wachen... 61

Ich muß die Brust mir schlagen... 177
Ich, nur ich bin wie Glas... 15
Ich ruhe, rücklings ausgestreckt... 169
Ich sah die riesigen Ruinen... 173
Ich staune, daß die rote Farbe rot ist... 157
Ich trete in den Flur... 113
Ihr Alle Alle, die ich bin... 29
Im Krankenzimmer, wenns zu Ende geht... 182
In das Haus der Piaristen... 111
In meines Morgenschlafes Schoß... 145

Ja, ich bin recht, es ist die alte Gasse... 151
Ja, wir werden sein und uns erkennen... 125
Jedes Schlafengehn... 127
Jüngst unter der Traum-Gäste Wiederkehrern... 175

Keiner weiß, wie arm er ist... 93
Kinder laufen fort... 115
Komm heiliger Geist du, schöpferisch!... 58
Komm, reiner, klarer, winterlicher Geist... 57

Leib im Spiegel, du bist kaum verändert... 116
Leise! Kein Ausbruch jetzt! Bebt! Schweigt!... 70
Liebe Schwester, liefen wir durch große Wiesen?... 201

Maria Immisch war der Lenz... 165
Mein alter Matrosenanzug! In dem ich noch farbige Spielkugeln fand... 189
Mein einziger Wunsch ist, Dir, oh Mensch, verwandt zu sein... 17
Mein Gott, es werden sein zu deiner Rechten... 71
Mit jedem Tag in meinem Alter... 173
Mit meinem Schmerze schlaf ich ein... 109
Mràzek hieß der Winterfrost vorzeit... 161

Nacht kam herein... 39
Nicht jeden packt mit jähem Ruck... 146

Nichts Nackteres als die Nacktheit von Augen... 76
Nimmer, nimmer vergiß, wenn leicht... 53
Noch habe ich diesen Stern nicht verlassen... 40
Nun wieder eine Nacht durchjohlt... 20

Oh Herr, zerreiße mich!... 46
Oh langsames Fallen des Schnees... 108

Schöpfe du, trage du, halte... 51
Schon als ich ein Kind war, hab ich die Liebe erlitten... 42
Sein ist die Kraft, das Regiment der Sterne... 54
Sie sind wie abgewaschen... 99
So reich bist du wie du tränenreich bist... 67
So schwer trugst du die letzte Last... 101
So viele mit dir spielen... 22
So wird es Tag und so wirds Nacht... 83
Solang du wirkst und hast zu tun... 148
Solang noch der Tatrawind leicht... 119
Sprache ist an uns ergangen... 136

Taucht nur, senkt nur eure wilden Fratzen... 41
Tschibuktürke auf dem Ladenschild... 23
Tötet euch mit Dämpfen und mit Messern... 60

Um *elf* will mir das Buch entfallen... 143
Und als wir gingen von dem toten Hund... 64
Und doch! Sonne und Wälder toben vorbei... 200

Volksgarten, Stadt- und Rathauspark... 154
Vom Quai steigt eine Treppe zu Dampfschiff und Booten... 190
Von der Schönheit los das Aug zu reißen... 122

Was mir gelingt... 84
Was schufst du mich, mein Herr und Gott... 55
Was tat deine Seele heute zur Nacht im Halbschlaf der elften Stunde?... 73

Wem angehöre ich? Den Meinen? Nein!... 133
Wenn Bauern Hopfen, Wein und Gerste fechsen... 131
Wenn Du im hochgelobten Osten... 138
Wenn du mir jetzt von fern entgegenkämest... 102
Wenn ich, der ich Fünfzig bin, schlafe jetzt ein... 171
Wenn ihr vorüberzieht... 196
Wenn mich der trockne heiße Durst nicht brennte... 172
Wie das Wasser an der Kesselwand... 63
Wie gelbe abgetropfte Kirchenkerzen... 90
Wie Gespenster aus den andern Zonen... 92
Wie wir einst in grenzenlosem Lieben... 33
Wo kommt meine Liebe her?... 49
Woher komm ich, und du... 75
Wovon lebt das Unerschaffne Sein... 132

Bibliographischer Nachweis

Die Auswahl des Autors

Gedichte aus den Jahren 1908–1945. Privatdruck der Pazifischen Presse. Los Angeles 1946; Textvorlage. – »Ich übergebe diesen Band Gedichte der Öffentlichkeit mit dem tiefen Wissen, daß sie ein wesentlicher Teil des unsterblichen Werkes von Franz Werfel sind. Er hat in den letzten Monaten seines Lebens aus seinen Gedichten diejenigen ausgewählt, die ihm die schönsten dünkten, und bis zum allerletzten Augenblick an dieser Auswahl gearbeitet – immer wieder gefeilt – und neue Dichtungen für dieses Buch, das ihm sehr am Herzen lag, geschaffen. Franz Werfels Gedichte werden in den Herzen unzähliger Menschen *leben*. Alma Maria Werfel Im August 1946.« – Neuausgabe: ›Gedichte. Aus den Jahren 1908–1945‹. Im Auftrage von Alma Mahler-Werfel herausgegeben von Adolf D. Klarmann, Frankfurt am Main: S. Fischer Verlag 1953. (Diese Ausgabe weicht vom Privatdruck geringfügig ab.) – Die Gedichte wurden folgenden Ausgaben entnommen: ›Der Weltfreund‹, Gedichte, Berlin-Charlottenburg: Axel Juncker Verlag 1911; ›Wir sind‹, Neue Gedichte, Leipzig: Kurt Wolff Verlag 1913; ›Einander‹, Oden, Lieder, Gestalten, Leipzig: Kurt Wolff Verlag 1915; ›Der Gerichtstag in fünf Büchern‹, Leipzig: Kurt Wolff Verlag 1919; ›Beschwörungen‹, Leipzig–München: Kurt Wolff Verlag 1923; ›Gedichte‹, Berlin–Wien–Leipzig: Paul Zsolnay Verlag 1927; ›Gedichte aus dreißig Jahren‹, Stockholm: Bermann-Fischer Verlag 1939. – Eine Gesamtausgabe der Gedichte FWs erschien unter dem Titel ›Das lyrische Werk‹, herausgegeben von Adolf D. Klarmann, Frankfurt am Main: S. Fischer Verlag 1967 (= Gesammelte Werke). – Für jede Neuausgabe hat FW seine Gedichte durchgesehen; daraus ergeben sich gelegentliche Varianten, die hier nicht nachgewiesen werden.

17 *Aviatiker:* Kenner des Flugwesens, Flugtechniker
18 *Kasten:* Schrank
Kakiz: vielleicht auch Kakitz
19 *Bábi:* Barbara Simůnková (1854–1935), FWs Kinderfrau
33 *Uranos:* griechischer Gott des Himmels, Urahn aller Götter
55 *Niobe:* griechische Sagengestalt; weil sie sich der Göttin Leto, der Mutter von Apoll und Artemis, gegenüber ihres vielfachen Kinderreichtums gerühmt hatte – sie hatte sieben Söhne und sieben Töchter –, rächten Letos Kinder ihre Mutter, indem sie Niobes Kinder mit Pfeilen töteten
60 *Ninive:* ehemalige Hauptstadt des assyrischen Reiches
64 *Äser:* Plural von Aas
66 *Schleichen:* Echsen mit schlangenförmigen Körpern
77 *kolkt:* eigenwillige Wortbildung FWs; vermutlich krähend vorüberfliegen
88 *›Tosca‹:* Musikdrama in drei Akten von Giacomo Puccini (1858–1924); uraufgeführt am 14. Januar 1900 in Rom
90 *Fondamenta Labia:* nicht ermittelt
Ghetto vecchio: heruntergekommenes Viertel der Stadt
92 *Mynthe:* eigenwillige Wortbildung FWs
93 Schragen: (kreuzweise verschränkte Füße einer) Totenbahre
105 *Ezechiel:* (hebr. »Gott macht stark«), Prophet des Alten Testaments
111 *Pennal:* Federbüchse
114 *Germ:* Hefe
131 *fechsen:* ernten
138 *Echnaton:* Amenophis IV. (etwa 1365–1348 v. Chr.), altägyptischer König; brach mit der überkommenen polytheistischen Religion und suchte an ihrer Stelle einen vergeistigten, monotheistischen Sonnenkult um Aton (altägyptische Bezeichnung der Sonnenscheibe) zu setzen. Er nannte sich später Echnaton = Es gefällt dem Aton
Trift: Weg mit spärlicher Grasnarbe
156 *Stapfen:* Fußstapfen

159 *Titus Livius:* (59 v. Chr. – 17 n. Chr.), römischer Geschichtsschreiber

161 *Damals diente ich als Kanonier:* FW wurde 1916 als Soldat dem Schweren Feldartillerieregiment No. 19 unterstellt, das in der Kaserne in Elbe-Kostelec untergebracht war
Retraite: Zapfenstreich

162 *Haubitzen:* Geschütze mittleren oder schweren Kalibers
Abgeprotzt: das Geschütz in Feuerstellung bringen
Sporn: spatenartiger Fortsatz am Geschütz, der das Zurückschnellen beim Schießen verhindert
Kavalett: Soldatenbett, Pritsche
Funsel: (Funzel), Lampe, die nicht viel Licht gibt

164 *Sterbohol:* Štěrbeholy, Dorf im Nordosten Prags
stantepé: stante pede, sofort, auf der Stelle

165 *Maria* (Marie) *Immisch:* (1868–?), Schauspielerin
Schillerjahr: Gedenkjahr anläßlich Schillers 100. Todestags
Peplon: altgriechisches faltenreiches, gegürtetes Obergewand
Schaube: mantelartiges Kleidungsstück mit weiten Ärmeln

168 *bähen:* von FW hier lautmalerisch gemeint für einen Tierlaut

174 *Krida:* fahrlässiges oder betrügerisches Herbeiführen der Zahlungsunfähigkeit

175 *fretten:* nur mühsam durchbringen
Gindely, Hoefer und Hauler: Namen von Lehrern

181 *peristaltisch:* zusammendrückend

Ergänzende Auswahl des Herausgebers

Der Kinderanzug: ›Der Weltfreund. Gedichte‹, Leipzig: Kurt Wolff Verlag 1911, S. 10–11; Textvorlage

Kindersonntagsausflug: ›Der Weltfreund‹, a. a. O., S. 15–16; Textvorlage

Anmerkungen
190 *Backbord:* linke Seite des Schiffes, in Fahrtrichtung gesehen
Glas: in der Semannssprache Zeitraum einer halben Stunde
Wanten: Seil oder Stange zur seitlichen Verspannung eines Mastes
Lee: in der Seemannssprache die dem Wind abgekehrte Seite eines Schiffes
Marssegel: Segel an der Verlängerung eines Mastes

An den Guten Kameraden: ›Der Weltfreund‹, a. a. O., S. 17–18; Textvorlage
Anmerkung
192 *Guter Kamerad:* Jugendzeitschrift ›Der gute Kamerad‹, Stuttgart
Franz Edmund *Treller*: (1843–1908)

Ich bin ein erwachsener Mensch: ›Der Weltfreund‹, a. a. O., S. 19; Textvorlage

Die Schöne und das peinliche Wort: ›Der Weltfreund‹, a. a. O., S. 26; Textvorlage

Armer Student, süße vornehme Frauen anbetend: ›Der Weltfreund‹, a. a. O., S. 33; Textvorlage

Die Instanz: ›Der Weltfreund‹, a. a. O., S. 56; Textvorlage

An mein Pathos: ›Der Weltfreund‹, a. a. O., S. 97; Textvorlage
Anmerkung
199 *Kothurn:* Bühnenschuh der Schauspieler mit hoher Sohle

Und doch: ›Wir sind. Neue Gedichte‹, Leipzig: Kurt Wolff Verlag 1913, S. 81; Textvorlage

Kleine Ballade an die Schwester: ›Der Gerichtstag in fünf Büchern‹, Leipzig 1919, S. 18; Textvorlage

Franz Werfel

Der Abiturienten-tag
Roman. Band 9455

Das Lied von Bernadette
Roman
Band 9462

Die Geschwister von Neapel
Roman. Band 9460

Verdi
Roman der Oper
Band 9456

Die vierzig Tage des Musa Dagh
Roman
Band 9458

Stern der Ungeborenen
Ein Reiseroman
Band 9461

Höret die Stimme
Roman. Band 9457

Der veruntreute Himmel
Geschichte einer Magd
Band 9459

Cella oder Die Überwinder
Versuch eines Romans
Band 5706

Barbara oder Die Frömmigkeit
Band 9233

Die schwarze Messe
Erzählungen
Band 9450

Die tanzenden Derwische
Erzählungen
Band 9451

Die Entfremdung
Erzählungen
Band 9452

Weißenstein, der Weltverbesserer
Erzählungen
Band 9453

Eine blaßblaue Frauenschrift
Erzählungen
Band 9308

Das Trauerhaus
Erzählung
Band 12433

Jacobowsky und der Oberst
Komödie einer Tragödie. Bd. 7025

Gedichte aus den Jahren 1908-1945
Band 9466

»Leben heißt, sich mitteilen«
Betrachtungen, Reden, Aphorismen
Band 9465

Fischer Taschenbuch Verlag

fi 198 / 13

Stefan Zweig

Amerigo
Die Geschichte eines historischen Irrtums
Band 9241

Der Amokläufer
Erzählungen
Knut Beck (Hg.)
Band 9239

Angst
Novelle
Band 10494

Auf Reisen
Feuilletons und Berichte
Knut Beck (Hg.)
Band 10164

Balzac
Herausgegeben von Richard Friedenthal
Band 2183

Begegnungen mit Büchern
Aufsätze und Einleitungen aus den Jahren 1902-1939
Knut Beck (Hg.)
Band 2292

Der begrabene Leuchter
Legende
Band 11423

Ben Jonson's »Volpone«
Band 2293

Brennendes Geheimnis
Erzählung
Band 9311

Brief einer Unbekannten
Erzählung
Band 13024

Briefe an Freunde
Herausgegeben von Richard Friedenthal
Band 5362

Buchmendel
Erzählungen
Knut Beck (Hg.)
Band 11416

Castellio gegen Calvin oder Ein Gewissen gegen die Gewalt
Knut Beck (Hg.)
Band 2295

Clarissa
Ein Romanentwurf
Knut Beck (Hg.)
Band 11150

Geschichte eines Unterganges
Band 11807

Fischer Taschenbuch Verlag

fi 191 / 15 a

Stefan Zweig

Der Kampf mit dem Dämon
Hölderlin, Kleist, Nietzsche
Knut Beck (Hg.)
Band 12186

Drei Dichter ihres Lebens
Casanova, Stendhal, Tolstoi
Knut Beck (Hg.)
Band 12187

Drei Meister
Balzac, Dickens, Dostojewski
Knut Beck (Hg.)
Band 2289

Europäisches Erbe
Herausgegeben von Richard Friedenthal
Band 2284

Das Geheimnis des künstlerischen Schaffens
Essays
Knut Beck (Hg.)
Band 11656

Die Heilung durch den Geist
Mesmer, Mary Baker-Eddy, Freud
Knut Beck (Hg.)
Band 2300

Die Hochzeit von Lyon
und andere Erzählungen
Band 2281

Joseph Fouché
Bildnis eines politischen Menschen
Band 1915

Magellan
Der Mann und seine Tat
Knut Beck (Hg.)
Band 5356

Maria Stuart
Band 1714

Marie Antoinette
Bildnis eines mittleren Charakters
Band 2220

Menschen und Schicksale
Aufsätze und Vorträge aus den Jahren 1902-1940
Knut Beck (Hg.)
Band 12435

Montaigne
Band 12726

Fischer Taschenbuch Verlag

fi 191 / 10 b

Peter Stephan Jungk

Franz Werfel

Eine Lebensgeschichte

Band 10181

Zahlreiche, lange Zeit unbekannt gebliebene Dokumente aus dem Besitz von Werfels Stieftochter Anna Mahler sowie in den Universitäten von Los Angeles und Philadelphia archivierte Notizhefte, Tagebücher, Skizzen, Urkunden und Briefe hat Peter Stephan Jungk unter Beachtung der publizierten Primär- und Sekundärliteratur Stück für Stück zusammengetragen. Auf diese Weise verdeutlicht er, wie stark äußere Ereignisse persönlicher, familiärer, kultureller und politischer Art Werfels poetisches wie betrachtendes Werk sowohl in der literarischen Form als auch in Bildkraft und Sprachintensität bestimmt haben. Um zwei Beispiele herauszugreifen: im privaten Bereich war es die dynamische Frau Alma Mahler – im Politischen waren es neben den beiden Weltkriegen das Aufkommen und Anschwellen des Totalitarismus, des Faschismus in Italien und des Nationalsozialismus in Deutschland und Österreich, die Vertreibung der Juden. Die Erzählung dieser Lebensgeschichte des als Juden geborenen, seit frühester Kindheit aber zum Christentum neigenden, sich gleichwohl nicht taufen lassenden Franz Werfel hat Peter Stephan Jungk mit Berichten über Orte und Häuser seines Weges aus eigener Anschauung sehr lebendig durchsetzt.

Fischer Taschenbuch Verlag

fi 1030 / 4